山城

秘密戰

蒋毅 著

西苑出版社
XIYUAN PUBLISHING HOUSE
金城出版社
GOLD WALL PRESS
·北 京·

图书在版编目（CIP）数据
山城秘密战 / 蒋毅著. -- 北京 ：西苑出版社有限公司 ：金城出版社有限公司，2025. 1. -- ISBN 978-7-5151-1043-1
I. I247.5
中国国家版本馆 CIP 数据核字第 2024573QL0 号

山城秘密战

SHANCHENG MIMIZHAN

作　　者	蒋　毅
责任编辑	张礼文
责任校对	李凯丽
责任印制	李仕杰
开　　本	880 毫米 ×1230 毫米　1/32
印　　张	9.5
字　　数	167 千字
版　　次	2025 年 1 月第 1 版
印　　次	2025 年 1 月第 1 次印刷
印　　刷	小森印刷（北京）有限公司
书　　号	ISBN 978-7-5151-1043-1
定　　价	70.00 元

出版发行	**西苑出版社有限公司 金城出版社有限公司**
	北京市朝阳区利泽东二路 3 号　　邮编：100102
发 行 部	(010)84254364
编 辑 部	(010)64210080
总 编 室	(010)88636419
电子邮箱	xiyuanpub@163.com
法律顾问	北京植德律师事务所　17600603461

他为重庆抗战史增添一抹亮色

蒋毅以家族里发生的故事为蓝本，创作的长篇小说《花桥》尚未召开研讨会时，我就收到了他最近创作的长篇谍战小说《山城秘密战》的清稿。

你知道吗？当时我的惊讶程度，绝对可以用“瞠目结舌”形容。

你绝对不会相信，几年前的蒋毅，逢人就说，“我不会写长篇小说。我对长篇小说中的人物塑造、架构技巧、主题表达等创作要素，几乎一无所知”。

不料，在他完成《花桥》之后，竟然意气风发，趁手红打灯笼，仅用两年时间就完成了十余万字的长篇谍战小说《山城秘密战》。这里面有什么诀窍，肯定只有他知道。我认为，这就是文学创作中的开悟，或者顿悟。

《山城秘密战》确实是一部感染力极强的长篇谍战小说。

首先是它的选材。抗日战争时期，重庆历经日寇空军长达六年十个月的轰炸，市区大小建筑无一幸免，就连市区周边的穷乡僻壤都遭到无情屠戮。

日寇空军之所以能实施精准轰炸，让人不得不怀疑市区内潜伏着大量日本间谍、特务。

自电视剧《潜伏》热播之后，谍战题材的图书、影视剧受众非常多，读者遍布各个年龄段。谍战题材作品创作难度非常大，以致我除了创作《重庆黑室》影视剧本外，一直对其避之唯恐不及。没想到，一直回避长篇小说的蒋毅，却创作出精彩的谍战小说《山城秘密战》，让我不得不对他刮目相看。

《山城秘密战》好看，还得益于蒋毅架构故事的能力。他的叙事作品明显呈现出小说的特征，后来这一特征被他用作品展现得淋漓尽致。

拜读《山城秘密战》，我的第一感觉就是结构紧凑，反转合理。大部分故事合情合理、流畅自然，大部分情节环环相扣，既在情理之中，又在意料之外，让人爱不释手。

如果细说，本书具有以下三大特点：

一、整部作品布局精妙。如在“引子”中，就有这样的描写：

一位美军军官挽着夫人走到国泰歌舞厅门口。孙大金立即迎上去："米舍特将军，欢迎光临！"他做出"请进"的手势，同时把腰弯到最大限度。

孙大金刚直起腰，一颗弹头就射中他身边领班的太阳穴，领班随即倒地。

"杀人啦！"伴随孙大金撕心裂肺的喊声，国泰歌舞厅门前大乱。

美军军官拉着夫人迅速钻进轿车，扬长而去。

开篇就是狙击夺命、壮汉横尸街头。读者既不知其然，也不知所以然，必然会追读下去。

再看第一章第一节：

她离开国泰歌舞厅，急匆匆地向家走。途经棉花街上的小巷口时，一胖一瘦两个流氓拦住她。

……

瘦子撩起旗袍，黑乎乎的脏手沿着婵娟圆润修长的大腿往上摸。

婵娟挣扎无果，只能拼命地呼救："救命啊！救命啊！"

婵娟的呼救声惊动附近几户住家，屋内原本亮着的灯却立即熄灭了。

危急时刻，一位身材高挑的小伙子冲过来，踹了胖子一脚，打了瘦子一拳，把婵娟拽到他身后。

原本以为“正义行为”要唱凯歌了，可蒋毅笔锋一转，小伙子瞬间被流氓打倒在地，还要侵犯婵娟。就在这节骨眼儿上，蒋毅笔锋再转，李姐冲过来，手持扫把打流氓，又被流氓反制。

婵娟夜遇流氓，悲剧一；小伙子救美女失败，悲剧二；李姐救人未果，悲剧三。就在读者想问“难道世间就没有正义了？”结果沉重的枪托狠狠地砸在两个流氓头上。

我如此不惜笔墨提到这一段，只是希望读者能在作品中读出重庆人的果敢、仗义，勇于与邪恶势力做斗争的侠义之风。

二、情节环环相扣，互为因果。

读者阅读时，必须注意人物的每个表情、每个动作，因为这些肢体语言都是为接下来的故事做铺垫。

我怀疑蒋毅在创作本书之前，肯定画好树状结构图，不然很难对每个细节都能给出合理的解释。

最典型的例子就是军统重庆站的高层都知道孙大金是日本特务，却迟迟不对其实施抓捕。军统特工李秀就有如此疑惑。

李秀摇摇头：“我们不能以正常人的思维推理军统那群人的所作所为。这里是重庆，不是上海。军统重庆站高层都知道孙大金是日本特务头子，完全可以派重兵包围国泰歌舞厅，直接逮捕孙大金，为什么还以郑家富为诱饵呢？放长线钓大鱼的理由，我无法接受。孙大金这种败类，多留一天都能害死很多无辜的人。”

任何作品都以人性为本，以人性的优点或者弱点作为故事起承转合节点，因此每个细节必然彰显人性。

在最后，军统重庆站站长毛仁奉与孙大金的对话中，给出了孙大金一直安全存在的解释。

“哈哈！”孙大金仰面大笑，“你完全可以抓捕我，然后抄没国泰歌舞厅嘛，为什么还要绕这么大的圈子呢？”

毛仁奉轻摇食指：“先抓捕你，再以军统重庆站的名义抄没国泰歌舞厅，国泰歌舞厅就属于国民政府的资产喽。你是聪明人，你应该懂得。”

作品中类似描写、刻画还有很多，读者应该细细品读，才会发现蒋毅的良苦用心。

三、重庆人，必须讲好重庆故事。

我是热爱历史的重庆人，却觉得历史过于枯燥无趣。如对于日寇空军轰炸重庆过程的描述，只有五千三百五十四架次飞机轰炸重庆，炸死好多人的印象，仅此而已。但是，蒋毅在本作品中，确有让人感到切肤之痛的描写。

一架黑乎乎的轰炸机俯冲下来。

练刚径直跑向吴兰。

一颗炸弹在吴兰身后落下、爆炸。

滚滚硝烟，淹没了练刚和吴兰的身影。

婵娟的心，也仿佛被炸弹炸碎一般，化成细小的肉块在硝烟中四下飞溅。

硝烟散尽，覆盖在吴兰身上的练刚艰难地坐起来，茫然地扫视天空和四周，不停地晃动着脑袋。

吴兰旗袍完好，身上没有血迹。她爬起来，看看昏黄的天空，看看兵马俑似的练刚，咧嘴傻笑。

蒋毅是土生土长的重庆人。他一边研读重庆历史，一边听老重庆人讲重庆大轰炸的故事，一直想用文字再现那些悲惨的瞬间。

或许他早就想写一部描写重庆人的长篇小说，只因为他不敢触及这类重大题材，才写出中篇小说《白莲花》。后来，他的长篇小说《花桥》获得成功，让他信心倍增，才以《白莲花》为母本，创作出《山城秘密战》，实现了他讲好重庆故事的夙愿。

为了讲好重庆故事，蒋毅几十年如一日地积累素材，把重庆的老地名、饮食文化、方言风俗、老重庆人特点，都巧妙地嫁接到《山城秘密战》中。

总之一句话，《山城秘密战》值得阅读，也值得研究。

拉拉杂杂写下这些，勉强为序。

我已经第三次为蒋毅的作品作序，真有点儿江郎才尽的感觉，翻不出新花样，还望蒋毅及读者海涵。

姜孝德

2024 年 1 月

姜孝德
重庆市江北区文联原副主席、重庆市江北区作协原主席。

自序

长篇谍战小说《山城秘密战》是十年前的短篇小说《二排二号的风波》增补版。它本应选入《蒋毅小说选集》中，但我感觉它还有延展空间，便把它保留下来。与此同时，我又构思了长篇小说《花桥》。

《二排二号的风波》和《花桥》都以抗战故事为主线。经过再三考虑，我决定先创作《花桥》，因为《花桥》中，有我长辈、同辈、晚辈的故事，创作空间很大。还有，我想让他们在有生之年，能读到自己的故事（作者注：《花桥》由百花文艺出版社出版）。

我不是抗战的亲历者，身边那些在抗战时期从事隐蔽战线工作的人，不是已经故去，就是因为工作习惯，对自己的过往闭口不谈，因此我掌握的素材少之又少。

我只在二十世纪五十年代初，见过一次特务。那时我好像刚上小学，父亲接我回家途中，看见两位便衣警察押着一个年轻美貌的女人。女人虽然戴着手铐，但她修长的身材、眉清目秀的容貌、高傲的气质，让我至今记忆犹新。

当时，我好奇地问父亲：“姐姐咋个被抓了呢？”

父亲说：“她是坏人，是日本特务。”

我幼稚地问：“她好漂亮呦，哪像特务嘛！”

父亲严肃地告诉我：“特务脸上不会刻着‘特务’二字，看人不要看表面。”

女特务的容貌一直印刻在我的脑海里。随着年龄增长，阅历增多，知识面拓宽，我才真正明白，日本侵略者对我国人民犯下的罪行罄竹难书，我们没有任何理由原谅他们。

当时，日寇占领大半个中国后，企图摧毁中国抗战大后方基地，便派轰炸机持续轰炸重庆六年多，给重庆人民造成了无法言表的伤害。

大量日本特务潜伏在重庆市区，不仅大肆破坏重庆生产、生活设施，还窃取军方情报，暗杀军政要员。

往事不能如烟。为了让后人清楚了解日寇的罪行、先辈抵抗日寇的英勇事迹，我在闲暇时，多方收集、整理、阅读相关资料，走访抗战时期的亲历者。深受触动的我，最后决定以小说形式创作本书。

创作本书过程中，我常常在想，敌我双方主要人物的人设，不同阶层人物的需要与需求，谍战小说特定的叙事原则，都要求我必须真实地再现重庆人的A

面与 B 面，甚至多面。

俗话说，“三个女人一台戏”。本书着重描写了三个女人的信仰、人性、命运，又以婵娟与练刚的革命感情为核心，以点及面，多角度塑造鲜活的重庆人。

谍战小说，要求创作者具有缜密的逻辑推理能力、深度挖掘人性的能力、完整的统筹架构能力，以致我越写越感觉力不从心，便去创作《花桥》。我经过创作《花桥》过程中的磨炼，同时观看了大量谍战类影视作品，阅读了国内外优质的谍战类图书，才有勇气继续创作本书。

在本书中，婵娟是正面女一号。在我的笔下，她像白莲花一样美丽、纯洁，同时具有重庆女性的善良、果敢和担当。

金沙是反面女一号，真名川岛幸子，日本间谍。她貌似天仙，但心肠歹毒。她与阴险狡猾、残暴成性的孙大金（真名村野少夫）狼狈为奸，犯下不可饶恕的罪行，最后也得到应有的惩罚。

吴兰是反面女二号人物。在本书中，她命运多舛，只是想活下去，不被人欺负，最后依旧被各种人利用。

我常常掩卷沉思，大部分日本侵略者的恶，并不是与生俱来的。他们之所以成为恶魔、罪犯，最后被钉在历史的耻辱柱上，其实都是被动地维护某个集团利益的牺牲品。

但是，有一点可以确定，任何侵略者都不值得我们同情。我们更没有资格代表抗击侵略者的先辈宽恕他们。

本书中，在隐蔽战线抗击侵略者的先辈包括练石、练刚、王战、李贞等中共重庆地下组织工作者。他们在敌我力量悬殊的现实条件下，甚至在看不到任何希望的环境中，依靠坚不可摧的信仰，在刀尖上与狼共舞，最后获得胜利。

本书结尾处，我留下很多预示或者提醒，以此表明我们的敌对势力永远存在，必然以某种更加隐蔽的方式出现。

本书的主旨，就是展现刻在重庆人基因中的积极、乐观、果敢、担当。作为当下的重庆人，我们应该继承老一辈重庆人的优良传统，并在新时代把它们发扬光大。

本书虽然历时四年才得以完成，但我毕竟不是职业谍战小说作家，在故事架构、情节铺陈、人物刻画等方面，肯定无法达到完美的地步，还望读者理解、海涵。

蒋　毅

于重庆市江北区猫儿石

2023 年 9 月 17 日

山城秘密战

目录

引子

1941 年初冬的一个夜晚，重庆国泰歌舞厅里灯火辉煌，热闹非凡。总经理孙大金和两个领班站在门口，迎接前来享乐的达官显贵。

孙大金微胖的脸上挂着职业性微笑，给人一种舒适的感觉。

孙大金讲究江湖规矩，不论官职大小、财富多少，他均以相同态度对待，因此他深受顾客赏识。并且，他年年为孤儿院捐款，为难民施粥，被市民视为大善人。

此时，一位美军军官挽着夫人走到国泰歌舞厅门口。孙大金立即迎上去：“米舍特将军，欢迎光临！”他做出“请进”的手势，同时把腰弯到最大限度。

孙大金刚直起腰，一颗弹头就射中他身边领班的太阳穴，领班随即倒地。

“杀人啦！”伴随孙大金撕心裂肺的喊声，国泰歌舞厅门前大乱。

美军军官拉着夫人迅速钻进轿车，扬长而去。

第一章
乱世三佳人

国泰歌舞厅的头牌歌手婵娟唱完最后一首歌就下班了。

黑底碎花旗袍，把她的身材衬托得无比曼妙；略施粉黛的脸上，眉毛修饰得恰到好处，清澈的大眼睛欲语还休；尤其头上插的莲花银簪，更让她显得与众不同。

她就是传说中高一点儿不行、胖一点儿不宜的天赐人间的尤物。

她离开国泰歌舞厅，急匆匆地向家走。途经棉花街上的小巷口时，一胖一瘦两个流氓拦住她。

胖子面带淫笑："好一个美人儿，胸脯这么高，里面装的是什么东西，让哥哥摸摸！"他边说边抱住婵娟的腰。

瘦子撩起旗袍，黑乎乎的脏手沿着婵娟圆润修长的大腿往上摸。

婵娟挣扎无果，只能拼命地呼救："救命啊！救命啊！"

婵娟的呼救声惊动附近几户住家，屋内原本亮着的灯却立即熄灭了。

危急时刻，一位身材高挑的小伙子冲过来，踹了胖子一脚，打了瘦子一拳，把婵娟拽到他身后。

胖子和瘦子见有人坏了他们的好事，一边叫骂着一边逼近小伙子。

瘦子低声喝道："娃子，识相点儿，不要坏老子的好事，不然老子捅死你崽儿！"

小伙子不为所动，怒视面前两个面目狰狞的人。

胖子和瘦子一起动手，几下便把小伙子打倒在地。小伙子死死地抱着他们的腿，让婵娟快跑。

婵娟没有跑，捡起坤包乱抡，却引来胖子和瘦子大声淫笑。

一男一女冲过来。

女子随手抄起地上的扫把，不管三七二十一，奋力砸向靠近婵娟的胖子。

胖子一脚踹倒女子，冲她身后的男人勾手指。

男子走到胖子面前，慢慢地举起手枪，低声喝道："跪下！"

胖子和瘦子像乖巧的孩子听到严厉家长呵斥似的，直溜溜地跪下。

男子抬脚踹倒胖子和瘦子："滚！"

胖子和瘦子滚出一段距离后，才起身逃窜。

婵娟像受到天大委屈的孩子，扑到女人怀里，失声痛哭："李姐——"

李姐轻轻拍打婵娟的后背："别怕，坏人已经走了。"

男人扶起面色苍白的小伙子。

婵娟从李姐怀抱里挣脱出来，掏出手绢擦拭小伙子额头的血。当她看清眼前的人，惊呼："怎么是你？"

小伙子轻轻躲开婵娟的手，用手捂着额头："路过，路过！"

婵娟望着鼻青脸肿的小伙子，心里无限感动。他们只有几面之缘，却没有说过话，他明知自己与流氓实力相差悬殊，却舍身相救，让她一时间不知道说什么好。

男子把手枪插入腰间，转身进入院内。

李姐指着男子的背影向婵娟解释："他是我表哥，政府的人，在我这里耍一会儿就走。"

婵娟哪有心情听李姐说这些，手足无措地望着受伤的小伙子，把手绢递过去："小哥，你到我家清洗一下伤口，我帮你擦点儿药。"

小伙子接过手绢，不自然地笑了笑："没事儿的。现在世道乱，女娃家少走夜路，再见！"他说完转身要走。

"你伤势不轻，不能走。"婵娟转身指着院内二楼，

“我家就在二楼，你包扎好伤口再走嘛！”

待婵娟再次转身，小伙子已经悄然离去。

婵娟跺脚大喊：“你还没有告诉我名字！”她追出一段路，却没有发现小伙子的身影，满怀内疚地回到李姐身边。

无尽的黑暗中，传来一声“我叫练刚”。

李姐把婵娟拉到院内，悄声说：“小心他与两个流氓是一伙的，用英雄救美人的套路干坏事儿。”

婵娟呆呆地望着院门口：“他斯斯文文的，连打架都不会，怎么可能是流氓呢！”

李姐拉着婵娟来到二楼。

李姐家二楼，共有两间卧室、一间厨房、一间厕所兼洗澡间。李姐住一间卧室，另一间卧室租给婵娟。

李姐的丈夫早年在战场上牺牲了，唯一的儿子五岁时被人贩子拐走。如今她孤苦一人，依靠给富裕人家浆洗衣服度日，生活过得很艰苦。

婵娟赚得多，为人大方，不但按时交房租，还经常接济李姐。一来二去，她们便成了无话不谈的朋友。

李姐径直进入婵娟的房间。

婵娟冲李姐的房门努努嘴：“你这么晾着他——不好吧？”她把两个食指并在一起，“你们——是不是有故事？”

心里藏不住秘密的李姐，把她和男人的事情，毫无保留地告诉婵娟。

那个男人叫唐勇，是李姐丈夫的战友。唐勇负伤后，被安置在政府某局二处任副处长。李姐丈夫牺牲后，唐勇主动照顾李姐的生活起居。也许是日久生情，唐勇对李姐的感情越来越深。

一天晚上，他们在一起吃饭喝酒，不知不觉中都喝醉了，稀里糊涂地发生了关系。事后，唐勇苦求李姐谅解，并承诺一定对她负责到底。

李姐对唐勇也不是讨厌至极，现在他们木已成舟，她就答应与唐勇相处一段时间。她想利用这段时间，观察唐勇是恋她的美貌，还是爱她这个人。

唐勇比以前更加悉心地照顾李姐，且没有再提出过分的要求。

李姐也就真正接纳了唐勇。

婵娟的身世比李姐更惨。

某天夜里，尚未满月的她被父母扔到会仙桥一家豆腐店门口。

豆腐店老板循着哭声，在门口找到被蓝布包裹的女娃。

豆腐店老板姓何，忠厚老实；老板娘为人善良，见不得别人受苦。他们守着女娃熬到天亮，也不见有人寻找，才把女娃抱进店内。

包裹里，除了女娃的生辰八字，其他信息都没有。

老板夫妇结婚多年，未曾生育孩子。老板娘觉得自己愧对老板，就劝老板停妻另娶。老板对老板娘感情很深，不想休掉老板娘，于是他们到处求医问药、烧香许愿，能想的办法都想了，就是没有一招灵验。

他们年纪大了，便对生儿育女不抱希望。他们打算领养一个男娃延续香火，可是一直没有遇到合适的。

现在，一个女娃来到他们家里，他们认为女娃是上天赐给他们的孩子，就坦然接受了。

女娃一岁时，老板夫妇请来算命先生，给女娃批八字取名字。算命先生仔细端详女娃，见她天庭饱满，眉清目秀，便恭维道："此娃乃嫦娥转世，必给你家带来好运。看她的八字，乃富贵之命，将来必是大富大贵之人。你们夫妇福浅命薄，只有给她取名'婵娟'，才能确保你们随她享福！"

老板急了："我姓何，她应该随我姓才对。"

算命先生一本正经地说："她是嫦娥转世，你要她随你姓，你根本承受不起。婵是月亮，娟是仙女，你们经常喊她的名字，她才不会妨害你们。"

老板夫妇信以为真，给算命先生双倍卦资。

从此，老板夫妇对婵娟视如己出，宁可自己受苦受累，也要尽力给婵娟提供最好的生活条件。

婵娟六岁时，已经出落成五官端正、俊俏无比、乖巧懂事、人见人爱的小美女。

她还是左邻右舍教育自家孩子的榜样。

天有不测风云，人有旦夕祸福。一天清晨，隔壁卖香烛蜡纸的店内突然起火，很快就殃及豆腐店。

酣睡中的老板发现房子起火，推醒老板娘，让她抱着婵娟逃离，他收拾那些本不值钱的家当。

老板娘抱着婵娟跑到门口，燃烧的门框砸下来。她把婵娟扔到门外，自己却被门框砸中。随后，整座房子便坍塌了。

跑到远处的婵娟，撕心裂肺地哭喊着，眼睁睁地看着这个世界上最疼爱她的两个人化成灰烬。

里长带领附近居民扑灭大火，从废墟中挖出已成焦炭状的老板夫妇，用破草席卷起来草草埋葬。

邻居们私下议论，婵娟是嫦娥转世，命硬，克死了养父母，谁收养她，下场可能比她养父母还惨，因此谁也不敢收养婵娟。

一个叫李贞的嬷嬷，是孤儿院院长。她见婵娟实在可怜，就把婵娟带到孤儿院。

李贞端来一盆水，把婵娟身上的灰尘擦洗干净后，见婵娟漂亮至极，便祷告道：“主啊，感谢你赐给我一个小公主！”

婵娟在陌生环境里，整天不说话、不吃东西，喃喃地喊“妈妈”。细心的李贞想尽办法开导婵娟：“娟儿，你先在这里玩积木、数玻璃珠，过几天你妈妈就来接你。”

一天后，婵娟虽然吃东西了，但对其他东西依旧不感兴趣，直到她不小心碰响钢琴。

美妙的钢琴声吸引了她，好奇地问李贞：“这是啥东西，怎么会发出这么好听的声音？”

李贞见婵娟开口说话，非常开心：“娟儿，它是钢琴。”

“钢琴是什么？”

李贞说：“钢琴是外国生产的一种乐器。只要你学会弹奏它，它就会发出美妙的声音，让你找到很多美妙的感觉。”她边说边坐到琴凳上，一边弹奏一边哼唱。

婵娟被美妙的琴声吸引了，脸上露出笑容。

李贞为了转移婵娟的注意力，就让婵娟学习弹奏钢琴的基本功，还教她学习语文、数学基础知识，给她讲《圣经》里的故事。

聪明、乖巧、懂事、学习能力极强的婵娟，引起很多人关注，并表示愿意领养婵娟，却被李贞一一婉拒，因为她想收养婵娟。

婵娟在李贞的资助下，不但读完高小，还进入大学深造，成为多才多艺的才女。

天有不测风云，人有旦夕祸福。在婵娟十九岁那年，善良的李贞一病不起，无法上班，失去经济来源，母女俩的生活每况愈下。

婵娟为了治好李贞的病，决定暂时放弃学业，外出打工赚钱。遗憾的是，她多日寻找工作，均被老板以各种理由婉拒。

一天，婵娟走到国泰歌舞厅门口，看见门上贴在招聘驻唱歌手的启事。走投无路的她，抱着死马当作活马医的心理，到吧台询问。

吧台侍应生把婵娟带到总经理办公室。

总经理孙大金看到年轻漂亮、身材曼妙、气质优雅的婵娟，顿感七魂出窍，好半天才平静下来。他让婵娟试唱几首比较流行的歌曲后，便答应高薪聘用婵娟。唯一的条件是，婵娟必须在国泰歌舞厅打烊后才能回家。

国泰歌舞厅打烊时间，一般都在凌晨一两点钟。

找到高薪且轻松的工作，婵娟心里很高兴，但想到自己必须凌晨一两点钟才能回家，根本无法照顾李贞。李贞也不会接受她在国泰歌舞厅那种地方工作，让她在一时间难以取舍。

孙大金得知婵娟的难处，也表现出为难状。他思忖一会儿后，貌似下了很大决心，答应预支婵娟三个月薪水，让婵娟请一个住家保姆照顾李贞。

求职过程中遭到多次拒绝的婵娟，不想放弃这个机会，就与孙大金签订了聘用契约，预支了三个月薪水。

婵娟回到家里，谎称学业紧张，学校要求她住校。老师得知她的难处，不忍心见她学业荒废，就借给她一笔钱，让她请住家保姆照顾李贞。

婵娟从来不撒谎，因此李贞对婵娟的话深信不疑，还叮嘱婵娟好好感谢好心的老师，好好学习，不要辜负老师的厚爱。

从那以后，婵娟就租下离国泰歌舞厅比较近的李姐家一个房间。

婵娟安排好住处后，来到国泰歌舞厅报到。

孙大金把婵娟带到国泰歌舞厅化妆间，把婵娟介绍给二十五岁的金沙、十七岁的吴兰。

婵娟向金沙、吴兰微微躬身："我初来乍到，给姐妹们添麻烦了，请多关照。"

金沙中等个头，皮肤白皙，高挺的胸脯、浑圆硕大的臀部，一双媚眼让她显得异常妩媚。

吴兰肤色虽然较黑，但身材非常好，尤其一头浓密的长发、一双大而清澈的眼睛，让她显得无比清纯可人。

三人寒暄几句后，婵娟把化妆品放在吴兰身边的化妆台上。

吴兰提醒婵娟：“那是明珠用过的化妆台，她前几天遇难了。”

婵娟却笑着说：“好人死后上天堂，坏人死后下地狱，不好不坏的人死后投胎转世。明珠已经不在这里了，我有什么好怕的！”她说完就摆放化妆品。

吴兰和金沙起身帮忙。

她们虽然刚刚认识，彼此还不熟悉，但毫无生疏感。

婵娟摆好化妆品后，她们坐在一起闲聊。

婵娟主动向金沙、吴兰讲述自己的身世，以及应聘的过程。金沙、吴兰同情婵娟幼年的悲惨遭遇，仰慕李贞的善行，纷纷表示，日后婵娟就是她们的亲姊妹，她们一起努力赚钱治好李贞的病。

金沙主动讲述自己的身世。

金沙说，她家在武汉，祖上世代都有人在朝为官，在当地属于名门望族。她自幼过着衣食无忧的生活。不料日寇兵临城下，父母和她乘船逃往重庆。他们即将抵达重庆的时候，客船遭到日寇飞机轰炸。炸弹要落地的时候，她父母把她推下水。在水中的她，目睹硕大的炸弹在她父母所在位置爆炸。

不知道过了多久，昏死在江边的她慢慢醒来，跟随逃难的人来到重庆，在码头被孙大金收留。

婵娟听完金沙的讲述，感觉自己的命运比金沙还稍微好些，起码她还有李贞关心照顾。她坐到金沙身边，为金沙擦拭眼泪，紧紧地拥住金沙，轻轻地拍打金沙的后背。

金沙擦干眼泪，莞尔一笑："世道如此，我们有任何遭遇都不是意外，没有什么值得悲伤的，因为悲伤改变不了任何苦难。"她说完站起身，"昨天孙总给我定做一套旗袍，我去看看做好没有。等我回来，我们一起出去吃饭。"

金沙走后，婵娟慨叹："金沙本是名门大小姐——唉，该死的世道——"

吴兰却说："你们的父母虽然不在了，却比我幸运很多。我父母健在，却从来没有真正爱过我……"

吴兰告诉婵娟，她出生在三世同堂的农民家庭，爷爷大家长思想严重，全家上下必须无条件服从他；奶奶在爷爷面前就像低三下四的奴仆，但在吴兰妈妈面前却像凶神恶煞。在奶奶眼中，无论吴兰妈妈做什么、怎么做都是错的；吴兰爸爸身体残疾，但脾气不小，经常对吴兰妈妈吆五喝六，动辄打骂。

吴兰妈妈生下吴兰后，重男轻女的一家人更加仇视吴兰妈妈，几乎把吴兰妈妈视为扫帚星。吴兰出生一周后，爷爷、奶奶就逼着吴兰妈妈下地干重活儿，导致吴兰妈妈患病，却遭到全家人无视。

吴兰一岁时，妈妈病入膏肓，带着对吴兰的各种担心离世。

一年后，爷爷托人给吴兰爸爸介绍了一个剽悍的寡妇。寡妇人高马大、丰乳肥臀，方圆十里无人敢娶。爷爷却认为，寡妇是传宗接代的好材料。

寡妇嫁入吴家后，无论面对谁，一言不合、稍不如意就动手，甚至还动刀子。她不但殴打吴兰爸爸，还殴打吴兰的爷爷奶奶。向来认为老子天下第一的吴兰爷爷，被寡妇彻底降服，交出当家主事的大权。

寡妇像使唤小奴隶一样使唤吴兰。吴兰动作稍微慢一点点，寡妇或者对她棍棒相加，或者罚她一天不能吃饭。

吴兰在地狱式家庭里生活十六年后，村里一个十六岁的男孩见吴兰实在可怜，就带着吴兰逃离家门，到重庆流浪。没想到，他们刚到重庆，就遇到两伙流氓械斗，他们在逃命过程中走散了。

沿街乞讨的吴兰来到国泰歌舞厅门口，恰巧遇到出门的孙大金。孙大金见吴兰虽然皮肤略黑，身材瘦弱，但该丰满的地方依旧丰满，便把吴兰收下。走投无路、生活没有着落的吴兰，把孙大金视为救星。

孙大金命人带吴兰洗澡、更换新衣服。梳洗打扮、换上旗袍的吴兰，呈现出另外一种美，让孙大金感觉自己捡到一颗价值连城的黑珍珠。

孙大金拿出一份契书，告诉吴兰，只要她在上面按下手印，以后不但不用干重活儿、不再受欺负，还能有饭吃、有新衣服穿。

吴兰感觉自己遇到贵人。既然贵人愿意收留她，她就应该无条件满足贵人的要求。

吴兰认为，即便国泰歌舞厅再差，也不会比她的家里差；即便孙大金再坏，也坏不过她的继母。

第二章
官方式沉默

凌晨时刻，安静得掉一根针都能听得见声响的棉花街上，练刚已经折返十几个来回，最后他实在走不动了，便坐在一个门墩上休息。

忽然，清脆的高跟鞋叩地的声音渐渐传到练刚的耳朵里。

练刚循声望去，一个熟悉的身影正在快速向他靠近。

他慌忙起身，没想到双腿麻木，一下子摔到街中央。

来人正是婵娟。她见有人摔倒，什么都没想，便上前搀扶。她见扶起的人是练刚，惊讶地喊道："你怎么在这里？非常感谢你昨晚冒险相救，我还担心再也见不到你了呢！"

练刚有生以来第一次与陌生的年轻女人如此近距离接触，有些不适应。他强撑着站稳，快速掏出手绢塞给婵娟："这是——你的手绢。"

婵娟捏着手绢的一角，上下打量局促不安的练刚，感觉他扭捏的样子有些好笑，于是笑道："我叫婵娟，千里共婵娟的婵娟。"

练刚担心手绢落地，一边把手绢往婵娟手里塞，一边结结巴巴地说："我姓练，练习的练；名——刚。我——是联大历史系助教。"

婵娟扑哧一声，笑声更大。

"你们在干啥？"尖厉的呵斥声传来，"现在几点了？"

李姐随后出现在院门口。

婵娟像触电一样松开捏着手绢的手，看看手表，发现已经凌晨1点了。

原来，李姐见婵娟没有按时回家，担心她遭到流氓报复，便出门迎接，没想到看见婵娟与练刚貌似拉拉扯扯。

李姐气呼呼地把婵娟拽到身后，指着练刚的鼻子喝道："小子，还玩英雄救美女那套把戏呢？有多远你给我滚多远！"说完，她拉着婵娟就要走。

婵娟急忙向李姐解释："李姐，他昨天仗义救我，我还没有来得及感谢他呢！"

李姐白了练刚一眼："好人能大半夜守在别人家门口？好人能与女人拉拉扯扯？这种下三烂的男人我见多了，你不要上他的当！"

李姐根本不听婵娟的解释，强行把婵娟拽进院内，然后“哐当”一声关上大门。

练刚这时才缓过神来，对着大门喊道：“等一等，你的手绢！”

“送给你了！”婵娟大声喊道。

练刚把手绢紧紧地握在手中，心里说不出是什么滋味儿。

自那天以后，婵娟常常提前下班站在棉花街街口等待练刚，却再也没有看到他。

让婵娟感到闹心的是，孙大金突然延长了国泰歌舞厅营业时间，要求所有员工每天熬到后半夜才能下班。孙大金还在国泰歌舞厅周围增派了很多打手，美其名曰“我们太扎眼了，眼红的仇家多”。

孙大金还为歌女、舞女提供了宿舍，要求她们不能无故离开宿舍。

婵娟以照顾李贞为由，再三哀求，孙大金才批准她在特定时间回家居住。

国泰歌舞厅打烊后，近乎醉酒的孙大金坐在办公桌前，目不转睛地望着大街上闪烁的霓虹灯，貌似在思忖什么。

敲门声打断了他的思绪。

孙大金不耐烦地喊了一声“进”，然后就看到浓妆艳抹、肩披红纱、身穿紧身旗袍的金沙迈着猫步走到办公桌前。

金沙双手拄着办公桌，上身前倾，硕大的胸部几乎顶到桌面。

做出如此大幅度动作的金沙，让孙大金有点不适应："金——金沙——你——有事儿？"

"向你汇报工作啊。"金沙妩媚一笑。

孙大金顿时会意，指着沙发说："坐！"

金沙没有坐，而是走到孙大金身边，抬腿把脚搭在办公桌上。

一条白皙圆润修长的大腿几乎完整地呈现在孙大金面前。

"孙总，你一直要求我们要识趣，今天你也识趣一次？"金沙抓起孙大金的手放在自己的大腿上。

顿感口干舌燥的孙大金，咽了咽口水，一动不敢动，极力控制着难耐的躁动。他瞥了金沙一眼，嘴角微微抖动，准备把手向金沙大腿根部滑动时，金沙却邪魅一笑，收回大腿站好，慢慢解开旗袍的纽扣："孙总，没想到你竟然能坐得住！"

孙大金舔了舔嘴唇，脑海里闪现出无数香艳的画面。

金沙俯视孙大金，用低沉的声音，一字一顿地说："天涯何处无芳草——"

孙大金盯着金沙妩媚的眼睛，几秒钟后便从椅子上滑到办公桌下面。他立即起身，向金沙敬了一个极不标准的军礼：“老牛不应吃嫩草。”

这是他们的接头暗号。

金沙脸上突然挂上一层冰霜，迅速扣上旗袍的纽扣，低声说：“川岛幸子少佐奉上峰之命，调查明珠一案，望村野少夫中尉全力协助，不得有误！”

原来，孙大金原名村野少夫，是日本内务省特高课资深特务，奉命以国泰歌舞厅总经理身份在重庆潜伏。

孙大金立正、颔首：“属下听从川岛少佐指挥！”

金沙冷冷地问：“上峰怀疑你勾结军统，杀害明珠及特派小组成员，可有此事？”

孙大金再次颔首：“报告川岛少佐，明珠、田中和特派小组成员都是被军统特务杀害的。”

金沙凝视孙大金：“你把特高课当成聋子还是瞎子了？你做什么，特高课上海总部了如指掌；你想什么，特高课上海总部也一清二楚。”

孙大金知道特高课的触角无处不在，只好供述。

明珠是朝鲜人，被间岛日本总领事馆培养成特务，去年受土肥原指派，秘密潜入重庆。

明珠长得非常漂亮，能讲一口流利的中国话。她对孙大金一直温柔体贴，像姐姐一样悉心照顾孙大金的生活起居，以致放荡不羁的孙大金真心爱上她。由于他们是上下级关系，孙大金不敢越雷池半步。

明珠潜入重庆的主要任务，就是在国泰歌舞厅色诱国民政府军政要员，进而获得各类重要情报。

土肥原对孙大金和明珠不放心，又派来心腹田中久太郎监视他们。

田中久太郎没什么本事，靠阿谀奉承、溜须拍马爬上高位。他到重庆之后，拿着鸡毛当令箭，对孙大金和明珠的工作吹毛求疵，以致孙大金对他颇为不满。

让孙大金更难以接受的是，田中久太郎竟然责令明珠为他侍寝。军人的天职就是服从命令，明珠不得不忍辱满足田中久太郎的无理要求。没想到田中久太郎是虐待狂，根本不把明珠当人看，每天夜里像驴一样，把明珠折磨得遍体鳞伤。

更过分的是，田中久太郎得知孙大金对明珠有好感，便和两个属下当着孙大金的面轮奸明珠。孙大金忍无可忍，像杀猪一样杀死了田中久太郎和他的两个属下。

明珠羞愧难当，当即饮弹自尽。

事后，孙大金把田中久太郎和他的两个属下尸体藏在一个废弃仓库里，又把军统特务引到那里。

特高课特务与军统特务发生激烈枪战。特高课特务凭借精良的武器，杀光了前来搜捕的军统特务。

孙大金在此役的报告书上，仅仅写道，“某日凌晨，田中久太郎、明珠等人遭到一伙身份不明的歹徒袭击，不幸玉碎……”

孙大金把他的谎话又向金沙描述一遍。

金沙对孙大金的描述半信半疑：“现在死无对证，你可以随意编造田中久太郎和明珠的死因，我希望你所言属实。特高课的原则是，所属特务玉碎后，活要见人，死要见尸。我要马上检验田中久太郎和明珠的尸体！”

孙大金驾车，载着金沙驶出城区，来到一座废弃仓库前，找到埋葬田中久太郎等人的位置。

“挖！”金沙冷冷地命令道。

孙大金二话不说，很快就挖出三具尸体。

三具尸体没有完全腐烂，致命伤口依稀可见。他们的致命伤都在颈部，目测应该是在他们毫无防备的情况下，被利刃割断气管和颈动脉。

“对方是谁？”

“属下正在调查。”

“我限你七天内给我一个令我满意的答复！”

孙大金点点头，表示尽力。

他们又来到埋葬明珠的位置。

金沙没有言语，示意孙大金挖出明珠的尸体。

孙大金很快就将明珠的尸体挖出来。

薄棺内，明珠穿戴整齐，下颚和头顶有贯穿的弹孔，一看就是自杀而亡。

孙大金缓声说道："我判断，明珠不愿被俘，把最后一颗子弹留给自己。"

待金沙给明珠的伤口拍完照后，孙大金又把明珠的尸体掩埋好。

金沙面向非常潦草的坟墓，深深地鞠了三躬。

回城的路上，孙大金再次向金沙发誓，自己所言不虚。

此刻，金沙相信孙大金没有撒谎，但又不能当着孙大金的面，指责田中久太郎等人无能。她作为土肥原的代表，选择了官方式沉默。

金沙不表态，让孙大金心里七上八下。他知道，金沙可以以任何理由或者不需要理由处置他。如果他杀掉金沙，就算他跑到天涯海角，都逃脱不了特高课追杀。

空气在他们之间凝固了，车轮与地面摩擦产生的胎噪震耳欲聋。

轿车在国泰歌舞厅门口停下后，孙大金主动下车为金沙打开车门。

金沙下车后，冷冷地说道："这件事，我没有权力判断是非对错，但我会如实上报。在上峰没有作出裁决之前，我们必须无条件听从天皇的召唤，服从上峰的命令。”

孙大金立正、颔首。

金沙回到宿舍时，已经天亮。

她把进口化妆品放在每个人床头。

吴兰醒了，睡眼惺忪地问金沙：“你昨晚去哪里了？刚回来吗？”

金沙温柔地笑道：“我昨晚会见一个朋友，回来时你已经睡着了，就没有打扰你。”她指指化妆品，“我一直想买这种洋货，可惜总是买不到。听说曾家岩一家日杂店进来一批货，我咬咬牙，起早等候一个多小时才买到。”

吴兰自出生后，还没有收过别人的礼物。她望着来自国外的化妆品，刚把手伸过去，又想起婵娟的叮嘱，“驻唱歌手是吃青春饭的，过着有今天没明天的日子，不应该大手大脚的，必须想办法攒点儿钱，以备不时之需”。

于是她拿起化妆品往金沙手里塞：“洋货肯定不便宜，我脸这么黑，抹这玩意儿也不合适，你把它退回去吧。”

金沙坐在吴兰的床边，把化妆品塞回吴兰手中，抚摸吴兰的秀发：“我们生在乱世，不知道能不能看到明天早上的太阳，所以我们应该活在当下，及时享受。兰儿，我父母兄弟姐妹都不在了，一直把你当作亲妹妹，你再跟我说这些就见外了！”

其实，金沙想拉拢婵娟、吴兰为己所用，把她们变成俘获国民政府政要、为自己搜集情报的工具。

单纯、缺爱的吴兰，太渴望这样的关爱了。她端详着化妆品，轻轻地哭泣：“金姐，你比我父母对我都好！”

金沙缓声问道：“你继母还向你要钱吗？”

吴兰哭泣声变大了，一边抽噎一边说：“昨天我弟弟又被继母打了。继母说，我再不给她钱，她还要打我弟弟。”

吴兰继母的贪欲，像填不满的无底洞。现在继母控制不了吴兰，就用殴打吴兰弟弟要挟吴兰。即便没到发薪水的日子，继母也会逼迫父亲向吴兰要钱，根本不考虑吴兰吃什么穿什么。只要吴兰没有及时把钱交到继母手里，继母就会到国泰歌舞厅门口撒泼打滚。吴兰不得不向金沙、婵娟借钱消灾。

金沙已经借给吴兰几笔钱，却从来没有向吴兰讨要过。

一面是继母无法填满的无底洞，一面是越来越多的债务，吴兰唯一的解决办法，就是哀求孙大金给她多安排演出、陪酒的场次，以此多赚些钱。可是，在她的百般哀求下，孙大金也只是每天多给她安排一个场次，根本解决不了她的难题。

想到这里，吴兰的哭声更大了。

金沙从坤包里拿出三块银圆，塞到吴兰手中：“兰儿，我一个人也花不了多少钱。既然我们情同姐妹，有困难我们一起扛。孙总说，最近有一个能赚大钱的机会，我去求求他，让他把这个机会给你。”

吴兰起身紧紧抱住金沙，眼泪不断地滴在金沙的肩上。

房门被缓缓推开，婵娟出现在门口。

吴兰和金沙立刻分开。

吴兰把手里的银圆塞到枕下，胡乱地擦拭眼泪。

金沙起身把婵娟拉到床前坐下：“我的好妹妹，今天你怎么来得这么早？”

婵娟憔悴的脸上写满了心事。她轻轻地摇头：“家里乱，我过来补觉。”

夕阳西下，孙大金走进办公室，一眼看见金沙坐在办公桌后面的老板椅上。

金沙把穿着渔网丝袜的双腿搭在办公桌上，右手掐着燃烧的香烟。

孙大金走到办公桌前，问道：“马上营业了，你怎么还不去做准备？”

金沙把双腿拿下去，把香烟按在烟灰缸里，冷冷地说：“上峰通报，支那的高射炮对皇军轰炸机构成巨大威胁，上峰要求我们尽快拿到支那参谋钟万仇手中的重庆城区高炮阵地布防图。”

孙大金坐在椅子上，用指尖敲了敲桌面，思考半分钟后，说：“钟万仇每个周末都来我们这里喝酒。他似乎对吴兰感兴趣，可以派吴兰搞定他。”

“周末从不缺席的国向来，不是指定要吴兰陪酒吗？”金沙盯着孙大金问。

“国向来好对付。我们现在应该确认的是，吴兰是否调教好了。”

金沙起身走到沙发前坐下，跷起二郎腿：“对一个没有见过世面的村妞来说，几句好话、几块钱，就能让她死心塌地地为我们卖命。认识俩字儿的婵娟，我也找到了她的软肋。”

孙大金说：“把婵娟先放到一边，你赶紧让吴兰探探钟万仇的底儿。”

入夜后，国泰歌舞厅内鼓乐喧天，人声鼎沸。这里的人，穿着时尚，脸上洋溢着灿烂的笑容。在这些人脸上根本看不出，他们生活在生命随时可能被暴力剥夺的战争年代。

身材高大、满脸横肉的钟万仇，径直走到他喜欢的 5 号卡座。

他的身后跟随四个便装卫兵。他坐下后，轻轻挥挥手，四个便装卫兵便隐入人群中。

孙大金端着白毛巾覆盖的托盘走到 5 号卡座，满脸堆笑地对钟万仇说：“钟参谋，这是本店珍藏酒，劳您大驾，给掌掌眼。”

他从白毛巾下面取出醒酒器，倒一杯酒递给钟万仇。

此时，钟万仇的注意力，全部集中在舞台上载歌载舞的吴兰身上。他瞥了孙大金一眼，端起酒杯，轻轻地嗅了嗅，抿了一口，然后指着酒杯说：“1900 年苏格兰麦卡伦威士忌。”

孙大金扯掉托盘上的白毛巾，1900 年苏格兰麦卡伦威士忌酒瓶露出来。

孙大金冲钟万仇竖起大拇指。

“孙总挺会玩啊，有趣，有趣！” 钟万仇向左右看了看，“如果有美人在怀，那就更有趣了！”

孙大金打了一个响指，站在远处的金沙迈着猫步走到 5 号卡座。

钟万仇上下打量金沙，把脸一沉，盯着孙大金：“孙总，同样的话，我不想说第二次！”

孙大金立刻躬下身子，毕恭毕敬地拿起酒杯，示意金沙倒酒，一脸谄媚地说：“钟参谋啊，我的钟参谋，我知道您的要求，也尽力照办了。但是您晓得，吴兰只卖艺不卖身，更何况——军需处的国处长早些时候已经把吴兰——”他故作为难，欲言又止。

钟万仇白了孙大金一眼，上身往后一靠：“你的意思是，我没国向来好使喽！”

金沙立刻坐到钟万仇身边，嗲声嗲气地说：“凡事无绝对嘛。”

孙大金对金沙说：“只要你能让钟参谋高兴，这个月奖金翻倍！”

金沙坐直身子：“吴兰与我是结拜姐妹，我最了解她。她性格刚烈，不会轻易顺从。一旦对她来硬的，什么事情都可能发生。不过嘛——”她看看钟万仇，“钟参谋不喝酒，我的办法就不灵验了。”

钟万仇端起酒杯一饮而尽。

金沙把嘴附在钟万仇耳边，低声说了几句。

钟万仇连连点头，挥手让金沙马上去办。

国泰歌舞厅楼梯口站着一个戴着墨镜、身材挺拔的男人。他目不转睛地盯着在舞台上唱歌的婵娟。

服务生端着托盘从他身边走过。他掏出一张法币放在托盘上，取走一杯最便宜的红酒。

他轻轻晃动酒杯，慢慢地抿了一口。

在美妙的乐曲声里，头插白莲花、身穿黑底碎花旗袍的婵娟，在他看来美若天仙。

曲终歌止，婵娟向舞台下微微躬身。全场掌声雷动，舞台下面卡座里的商贾政要，纷纷往舞台上扔钱。

婵娟向扔钱的人连连鞠躬，不停地说着“谢谢”。

男人摸摸自己干瘪的口袋，羞愧地抿了一口红酒，但目光没有离开婵娟身上。

婵娟站直身子，注意到角落里的男人。

在昏暗的舞厅里戴墨镜的人并不常见，婵娟就多瞟了男人几眼。她感觉男人的身形非常熟悉，却又想不起来他是谁。

她心事重重地走到化妆间门口，撞上往外跑的吴兰。

“我有事找你。”她们几乎同时说出这句话。

婵娟示意吴兰先说。

吴兰急促地说：“孙总安排我陪客人喝酒，必须马上过去。下一个节目是我独唱，你替我应付一下。”

婵娟点点头，示意吴兰快去。

吴兰径直走向5号卡座。

婵娟走到后台告诉主持人，她要替吴兰出场。

曲罢，主持人走到舞台中央宣布：“接下来，请国泰歌舞厅头牌歌手婵娟再次为各位献唱。”

婵娟在稀稀落落的掌声中，款款走到舞台中央，站到聚光灯下，下意识地往舞台下扫视。她总觉得那副墨镜后面，隐藏着一双特殊的眼睛。

角落里戴墨镜的男人似乎意识到婵娟在寻找他。他把身子藏在一个高大身躯人的后面，屏住呼吸。

婵娟没有找到戴墨镜的男人，便走到话筒前，深情地演唱。

婵娟演唱完毕，走下舞台。

主持人宣布，接下来是各位来宾跳舞的时间。

华尔兹旋律奏响，一对对舞者进入舞池。

婵娟穿过人群，走到戴墨镜男人面前，伸出纤细白皙的手："这位先生，可以跳一支舞吗？"

戴墨镜的男人望着婵娟，往后退了一步，连连摆手："不——不好——意思，我——我——不会——"

婵娟嫣然一笑："这是我第一次主动邀请男人跳舞，你想让我失望吗？"

男人踌躇几秒钟，猛地托起婵娟的手，慢慢走向舞池的一角。

婵娟像牵着一心想逃婚的新郎。

男人笨拙、机械地移动着，所有动作都不在节奏上。

曲终，婵娟非常后悔自己刚才冲动的选择，但是她更想看清男人的眼睛。在男人转身的瞬间，她伸手扯下男人的墨镜。

原来是练刚。

"是你——"

练刚没有说话，像做坏事被家长抓住的孩子一样，转身跑向门口。

婵娟刚想去追练刚，却被金沙拦住。

金沙拉住婵娟的手："娟妹，孙总让你去国处长的卡座。"

第三章
血浸黑珍珠

吴兰在5号卡座与钟万仇玩喝一杯酒赚一块银圆的游戏。

醉眼蒙眬的吴兰面前，十块银圆摞在一起。

“孙总，吴小姐酒量很好啊，要不——你也玩一把？”钟万仇瞥了身边的孙大金一眼。

孙大金瞬间明白钟万仇话里的意思，立即冲钟万仇摆摆手。他起身离去时，点指自己的手表，大声对吴兰说：“时间尚早，你陪钟参谋多玩一会儿。”

吴兰手腕上的手表，是日本特务专用的微型录音设备。今天国泰歌舞厅营业前，金沙把这块手表戴在吴兰手腕上，并说这是今晚吴兰陪钟万仇喝酒的奖励。

吴兰的酒量很大，十二杯红酒下肚后，就佯装喝醉了，趴在桌子上不再理会钟万仇。

钟万仇轻轻推了推吴兰，见吴兰没有反应，就命卫兵把吴兰送到准备好的套房内。

进入卧室后，吴兰似乎清醒了，踉踉跄跄地帮助钟万仇脱衣服，想顺手儿摸摸他的所有口袋。

对任何人都不信任的钟万仇，是怀疑一切的，包括貌似人兽无害的吴兰。因此，他不但不让吴兰帮他脱衣服，还顺手儿抓起吴兰的手，一边扯下手表扔进客厅的垃圾桶里，一边关上卧室的门："吴小姐，戴这种手表睡觉，会影响睡眠质量的！"

一切都没有按照金沙设计的情节往下走，吴兰慌了。

她没有骗人的经验，更没有应对眼前这头野兽的经验。就在她不知所措的时候，她被钟万仇像扔沙包一样扔到床上。

钟万仇像大象扑向蚂蚁一样，把身材瘦小的吴兰压进床垫里。

那一夜，吴兰不知道自己经历了什么。

清晨，满足了兽欲的钟万仇离开套房后，吴兰呈"大"字形瘫在床上，无力地望着从窗帘缝隙里挤进来的阳光，只知道自己还活着——艰难地活着。

孙大金和金沙推开房门，看到客厅垃圾桶里的手表，一起闯进卧室。

孙大金拿着手表，气急败坏地质问吴兰："你怎么能把它扔到垃圾桶里呢？"

吴兰表情呆滞，不喜不悲，不哭不喊。

孙大金一把薅起吴兰："你他妈的被干傻了啊？"

他吼完，又抽了吴兰两个耳光。

吴兰栽倒在床上，浑身瑟瑟发抖，依旧一声不吭。

金沙把孙大金推到客厅，关上卧室门，扶起吴兰，假惺惺地问："兰儿，到底发生了什么事？"

吴兰扑到金沙怀里，号啕大哭。

金沙从坤包里掏出二十块银圆放在吴兰面前："兰儿，这是钟参谋走时留给你的。舞厅吧台还有十二块银圆，是你昨晚赚的小费。在我看来，作为女人，我们根本就不存在吃亏占便宜的事情。男女之间不就是那点事儿嘛。你跟穷鬼睡一辈子，也未必赚到十块银圆；你和钟参谋睡一晚上，就能赚到三十二块银圆。兰儿，现在这世道，我们能不能看到明天早上的太阳都不好说，还在乎那么多干吗？"

金沙的话，吴兰一句也听不进去。她只知道，在她老家，如果女孩子婚前失身，不论主动还是被动，都会被族人浸猪笼的。

金沙似乎猜出吴兰的顾虑，把嘴巴附在吴兰耳郭上："这种事，你不说，我不说，谁能知道呢？"

吴兰似乎接受了现实，下床穿好衣服，拿起五块银圆放在金沙面前："金姐，我欠你四块银圆，还你五块。这么多天，你一直像亲姐姐一样照顾我，这一块银圆，略表我一点心意。"

金沙毫不犹豫地把五块银圆推到吴兰面前："兰儿，

你这么做，就是没把我当姐姐看待啊。钱财乃身外之物，我们姐妹为什么要分得那么清楚呢？如果你执意还钱，我真的生气了啊。”她说完，佯装嗔怒，沉下脸来。

吴兰哭泣着收起银圆。

上午 10 点钟，刺耳的防空警报声响起后，日军轰炸机的轰鸣声、炸弹的爆炸声充斥着重庆城。

正在街上买东西的婵娟，距离刚才的爆炸点仅有一百多米。

伴随着爆炸声，整座城市陷入慌乱中，大批市民像蚂蚁一样盲目地奔跑。惨叫声、咒骂声不绝于耳。

婵娟被巨大的冲击波推着往前跑。一颗巨大的炸弹从天而降，要落在她前方不远处。

她被一个人从侧面扑倒在地，几乎被那个人的身体覆盖。

还好，那颗炸弹是哑弹，没有爆炸。

那个人起身坐在地上，“呼呼”地喘着粗气。

“练刚！”婵娟坐起，惊恐地盯着练刚问道，“你受伤没有？”

练刚好像什么都听不见，拉起婵娟，扛起她就往防空洞跑。

“我能走路的，你把我放下！”婵娟急促地喊着，用力拍打练刚并不厚实的后背。

练刚不为所动，加快脚步，直到跑到防空洞洞口，才把婵娟放下。

防空洞里挤满了人，所有人都在咒骂该死的轰炸机、该死的日本人。

练刚示意婵娟先进入防空洞。

婵娟示意他们一起进入防空洞。

突然，防空洞前方不远处，披头散发的吴兰闯进他们的视线。吴兰无视天上的轰炸机、地上的炸弹，低着头慢慢地挪动脚步，仿佛身边的一切都与她无关。

一架黑乎乎的轰炸机俯冲下来。

练刚径直跑向吴兰。

一颗炸弹在吴兰身后落下、爆炸。

滚滚硝烟，淹没了练刚和吴兰的身影。

婵娟的心，也仿佛被炸弹炸碎一般，化成细小的肉块在硝烟中四下飞溅。

硝烟散尽，覆盖在吴兰身上的练刚艰难地坐起来，茫然地扫视天空和四周，不停地晃动着脑袋。

吴兰旗袍完好，身上没有血迹。她爬起来，看看昏黄的天空，看看兵马俑似的练刚，咧嘴傻笑。

练刚一跃而起，背起吴兰跑进防空洞。

婵娟紧紧跟随练刚和吴兰，来到洞壁脚下。

练刚放下吴兰，吴兰一下子扑到婵娟怀里，默默地流泪。

婵娟没有问吴兰昨夜去了哪里、经历了什么。她知道，女人在这个糟糕的世界上、糟糕的年代里，经历什么都是意料之内的事情。询问，就等于再次揭开伤疤。她现在能做的，就是抱紧吴兰，让吴兰感受她的体温。

此刻，练刚望着面前两个弱不禁风的女人，转过身去，瞪大眼睛，紧咬牙关，默默地望着洞口，把拳头攥得紧紧的。

吴兰冷静下来，靠着洞壁，把头埋在双腿之间。

婵娟转身望着练刚，思忖一会儿："你作为联大的助教,能不能告诉我,这场灾难什么时候才能结束？"

练刚依旧瞪着洞口，没有回头，一字一顿地说："只要我们好好活着，一定能看到这场灾难结束的。"

一小时后，日军轰炸机的轰鸣声消失，警报解除，重庆城区又恢复平静。

躲在防空洞里的人，三三两两地离去。

练刚把婵娟和吴兰送到国泰歌舞厅门口，说道："我回学校看看有没有同学受伤。不知道日寇的飞机什么时候飞过来，你们没事儿少出门。"

"路上小心！"婵娟叮嘱道。

婵娟目送练刚消失在马路尽头后，才搀扶吴兰进入国泰歌舞厅。

国泰歌舞厅，就像有神仙保佑一样，炸弹从不落在这里。

死里逃生的婵娟回想起，每次防空警报传来，孙大金和金沙从来不去防空洞躲避，而是安然地坐在办公室里喝茶。

她曾经问过孙大金，为什么不去防空洞躲避。孙大金给她的解释是，生死有命。

走进门口，婵娟发现，孙大金、金沙和几个舞女坐在 5 号卡座里说笑，仿佛刚才的轰炸，压根儿就没有发生过。

见她们回来，孙大金一把拉住吴兰，对身边的舞女说："昨晚，吴兰接待了一位重要的客人，客人反馈的消息是，对吴兰的服务非常满意，以后他还会带重要的客人光顾我们这里。鉴于吴兰对国泰歌舞厅做出的突出贡献，特此奖励她二十块银圆及三天假期。"说完，他冲吧台侍应生招招手。

吧台侍应生把三十二块银圆放在托盘里，放在 5 号卡座的桌子上。

舞女们望着白花花的银圆，满眼都是羡慕嫉妒恨。

零星且无力的掌声，却像炸弹在吴兰耳边炸响。

吴兰没有接过银圆，而是慌乱地向楼上跑去。

孙大金把三十二块银圆用托盘底下的红纸包好，交给婵娟：“婵娟，国处长对你昨晚的表现也非常满意，为此我也给你放三天假，顺便陪陪吴兰，带她买几件好衣服。”

婵娟敷衍地点点头，拿起银圆去追吴兰。

婵娟走进宿舍，看到吴兰瘫在床上，直瞪瞪地望着天花板。

婵娟把红纸包放在吴兰身边，拿起暖水瓶倒水。

吴兰抬腿把红纸包踹到地上。红纸包摔烂，银圆四下滚动。

婵娟放下暖水瓶，蹲在地上捡银圆。

吴兰起身，害怕婵娟贪占她的银圆似的快速捡拾。

婵娟想让吴兰换个环境休养，便决定把吴兰接到自己家里。

她们收拾好衣服，走出国泰歌舞厅，拦下一辆黄包车，径直坐上去。

黄包车车夫把她们送到婵娟家门口，婵娟下车交车费时，才注意到黄包车车夫竟然是练刚。

婵娟惊讶地问：“你——不是联大的助教吗？怎么还——”

练刚用毛巾擦了擦额头上的汗：“赚点儿生活费

嘛。”他冲婵娟摆摆手，“我送你们回家不收钱，你把钱收起来吧。”

婵娟把钱塞入练刚上衣口袋里：“我妹妹身体有恙，麻烦你帮我把她扶到屋里。”

练刚没有拒绝，与婵娟一起架着吴兰往院子里走。

李姐见婵娟和练刚架着吴兰进院，走到院门口左右张望几秒钟，迅速关上院门。

进入一楼客厅，婵娟把吴兰扶到沙发前坐好，问李姐：“李姐，大白天的，怎么还关院门啊？”

李姐指着唐勇说：“唐大哥说，现在世道乱，小心为妙。”

唐勇解释道：“一些人的房屋被炸毁后，变得一无所有，他们什么事情都做得出来。饥饿，会把好人变成厉鬼，你们平日里一定要加倍小心。”他站起来，“我去厨房烧壶水，给你们泡茶。”

李姐询问吴兰怎么了。

婵娟谎称吴兰在轰炸中受到惊吓，心理出现一点问题，需要在她家休养几天。

李姐见目光呆滞的吴兰很可怜，便打来一盆清水，给吴兰擦脸。

吴兰麻木地接受李姐和婵娟的帮助。

唐勇刚把水倒进茶壶里，电话铃声响起。他抓起话筒，“嗯嗯啊啊”几句后，转身对李姐说：“我出去买只鸡，给兰妹子补补身子。”他说完，不等李姐回应就走出屋门。

练刚见屋子里只剩下他一个男人，又无事可做，就以还要拉活儿为由离开了。

他从李姐家出来后，悄悄跟踪唐勇来到一家咖啡厅。

咖啡厅里，唐勇径直走到钟万仇所在的座位坐下。

钟万仇看了看唐勇：“吴兰那个小妮子，现在住在你家吧？”

唐勇冲钟万仇竖起大拇指：“钟参谋不愧是搞情报的，这么芝麻粒儿大的事情都逃不过你的法眼。”他看看手表，“她一小时前才到我家的。不过她好像受到刺激了，精神不太正常。”

“在这个操蛋的年代，谁的精神正常？”钟万仇突然压低嗓门，“这个小妮子，别看她清纯可人，可能从事我们无法想象的工作。我派人查过她的家庭和她的个人经历，还算干净。你要主动接触她，看看她有没有利用价值。”

“一个卖笑的生瓜蛋子，能有什么利用价值？”唐勇不屑地说。

钟万仇摇摇头：“女人天生就是最具杀伤力的武器！”

唐勇离开咖啡厅，买了一只鸡以及其他营养品。他回到家里时，一楼无人，便到二楼查看，发现只有吴兰躺在婵娟卧室的床上。

吴兰见唐勇进门，一脸惊恐地蜷缩到床尾，用被子裹紧身体。

唐勇把营养品放在桌上，打量一眼吴兰，便把脸转到一边：“兰妹子，你身子虚弱，需要好好地补一补。我不知道你喜欢吃什么，就胡乱买了一些营养品，希望你不要嫌弃。”

面对言语中充满关爱的唐勇，看到一大堆价格不菲的营养品，吴兰放下戒备：“唐大哥，我们初次见面，你就为我如此破费，实在不好意思。你花了多少钱，我还给你！”她说着就把手伸向坤包。

唐勇转过脸，连连摆手，拉过椅子坐到床前：“你是婵娟的好妹妹，当然就是我的好妹妹。好妹妹身体有恙，且住在我家，我怎能视而不见呢？唉，从事你们那种工作，整日和坏人打交道，也不容易。这年头，好人少，坏人多，我们只能彼此扶持，相互关照。”

唐勇的话，触及吴兰内心柔软处。她终于有勇气正视唐勇。

唐勇见吴兰对自己放下戒备之心，语气更加温柔：“生逢乱世，我们根本无法预料下一分钟要遭遇什么。在这个该死的年代，无论我们经历什么，根本没有人同情我们。兰妹子，不论你经历了什么，那些事情都已经结束了。如果你把那些经历一直放在心上，就是用别人的恶行再次惩罚自己。比起那些被炸弹炸死的人，我们还是幸运的，最起码我们还活着。活着，就有希望。”

吴兰没想到唐勇如此善解人意，沉思一会儿，问道：“唐大哥，我怎样做，才能不被别人欺负？”

唐勇说：“普通的地痞流氓，还不敢欺负我们。但是有一种人，譬如手里有权或者有钱的人，他们欺负我们这样的平头百姓，我们还真没有办法。不过，这样的人，也害怕一种人。”

吴兰想起经常欺负她的孙大金、国向来、钟万仇，这些人不就是有钱有权嘛。即便他们明目张胆地欺负她，她也只能默默承受，甚至不敢向外人诉说。

“他们不敢欺负什么样的人？”吴兰追问。

唐勇没有明说，而是举个例子：“老虎是森林之王，所有动物都怕它。可是，群狼就不怕它。为什么呢？一头狼的战力，与老虎无法相提并论，但是一百头狼的战力，就能秒杀老虎。”

吴兰似乎没有听懂。

唐勇进一步解释道：“现在我们为啥怕当兵的，是打不过一个当兵的吗？不是！是因为一个当兵的身后有一群当兵的。”

吴兰懂了：“唐大哥，你的意思是让我参军？”

“参军当然是一个选项，但是，一旦你参军后，就必然受各种军纪约束，根本没有自由可言，不可取。如果你接受我的建议，我可以找找关系，找到更有力量的一群人保护你。”

“谢谢唐大哥。如果你能保证我日后不被别人欺负，你让我做什么都成。”吴兰真挚地说。

唐勇摆摆手：“我们都是蝼蚁一样的苦命人，就应该相互关照。你放心，我肯定会尽全力的。但这件事能不能办成，就看你的造化了。”

吴兰起身拿过坤包，掏出十块银圆交给唐勇：“唐大哥，现在没钱办不了事。这点儿钱你先拿着。如果不够的话，我再想办法。”

唐勇接过银圆，却装进吴兰的坤包里：“兰妹子，这是你的血汗钱，我不能要。再者说，我也未必能办成这件事。不过，你放心，我肯定百分之百尽力。事成之后，你再感谢我也不迟。”

第四章

夜幕下枪声

晚上，家里只有唐勇和吴兰两个人。

唐勇走进房间，对吴兰说：“为了证明昨天我所言不虚，我带你去看一场戏。”

“真的假的？”吴兰瞪大眼睛。

唐勇平静地说：“真的。请你看看那个经常欺负你的国向来，是怎么被人做掉的。”

“国向来手里有枪，且非常凶狠，大白天怎么可能被人做掉？还是——算了吧。”吴兰嘴上这么说，其实是掩饰她内心的恐惧。

“国向来手里有枪就可怕吗？我并不觉得。”唐勇淡定地说，“你穿好衣服，我在院外的轿车里等你。”他说完转身离去。

“真的要杀人吗？现在？”吴兰有些害怕了。但是，她想到令自己恨之入骨的国向来即将横尸街头，还是鼓起勇气穿好衣服来到院外。

吴兰上车后，唐勇没有说话，驾车载着吴兰来到国泰歌舞厅的停车场。

停好车，唐勇指指旁边的吉普车，又看了看手表：“国向来很快就会出来了。”

吴兰心跳加速，脸如白纸，“呼呼”地喘着粗气。

半小时后，醉醺醺的国向来被孙大金送到门外。

国向来摇摇晃晃地打开车门，驾车离去，根本没有注意尾随他的轿车，更没有注意到，经过第一个十字路口，又有两辆吉普车跟踪他的吉普车。

四辆车驶出两公里后，一辆吉普车突然加速，逼停国向来的吉普车；后面那辆吉普车，立即堵住国向来的退路。

唐勇把轿车停在不远处，让吴兰摇下车窗，看二十米外即将发生什么。

国向来从吉普车里钻出来，骂骂咧咧地走到前面的吉普车一侧，踹了车门一脚，厉声喝道：“会不会开车？给老子滚出来！”

吉普车车门打开，一个戴礼帽、穿风衣的人下车后，刚才还不可一世的国向来，竟然举起双手，慢慢后退。

吴兰看清楚了，戴礼帽的人手里握着一把手枪，枪口对着国向来的脑袋。

伴随“砰”的一声，国向来直挺挺地倒在地上一动不动。

戴礼帽人看都不看国向来一眼，冲后面的吉普车一挥手，然后上车。

两辆吉普车咆哮着离去。

唐勇驾车缓缓驶到国向来身边停下，从腰里掏出一把装有消声器的手枪，打开保险，塞到吴兰手里："把枪口对准你的仇人，打光枪里的子弹。"

吴兰木讷地接过手枪，感觉手枪非常重，几乎举不起来。

"我不会开枪——我不想杀人——我——"吴兰双手战抖，语无伦次地说。

"他欺负你的时候，在乎过你的感受吗？"唐勇厉声吼道，"只要他活着，就会把你当作取乐的玩具！你在他眼里，就是可以随意玩弄的玩具！"

被国向来羞辱、欺负的一幕幕场景，在吴兰脑海里不停地闪现。她在想："唐勇说得没错，自己在国向来眼中，就是可以随意糟蹋、蹂躏的玩具！"

她双手持枪，把枪口对准国向来的裆部，咬紧牙关，闭上眼睛，狠狠地扣动扳机。

"噗"，枪响了，强大的后坐力，让手枪差点儿挣脱吴兰的手。

吴兰睁开眼睛，看到国向来的裆部一片殷红。

她不但没有害怕，心里还有一丝难以描述的快感。她不再咬牙，不再闭眼，把枪口对准国向来的裆部，连连扣动扳机，直至打光弹夹里的子弹。

她突然像体力透支一样，瘫坐在副驾驶位子上，扔掉手枪，抱头痛哭。

唐勇拍拍吴兰的肩头：“只要你和刚才那些人在一起，以后谁敢欺负你——”他指指国向来的尸体，“就是这种下场！”

吴兰无力地点点头。

其实，唐勇是军统重庆站执行队队长，也是钟参谋的属下。他们早就发现，国向来和日本特高课有着说不清道不明的关系。本着“宁杀错，不放过”的原则，军统总部责令军统重庆站立即除掉国向来。

至于为吴兰报仇，不过是唐勇在执行除掉国向来任务的过程中，强行加入的一个小桥段而已。

第二天，唐勇早晨出门，直到凌晨才回来。

婵娟和李姐已经入睡，吴兰以白天睡觉过多为由，在一楼客厅里等待唐勇。

待唐勇落座后，吴兰急切地问道：“唐大哥，他们批准我加入了吗？”

唐勇一脸沮丧地摇摇头。

“他们不让我加入？他们是不是想要钱？我愿意把我所有的钱送给他们。”吴兰突然提高嗓门，又立即捂住嘴巴，扭头看看楼梯口。

唐勇起身坐到吴兰身边，支支吾吾地说："他们——答应让你加入了，但又提出一个苛刻的条件——"

"什么条件？"吴兰急切地追问。

"他们——要你做一件事，以此证明你的能力。这件事对你来说，可能很困难。要不——算了吧！"

吴兰认真地说："只要我能做的，哪怕上刀山下油锅，我都不怕！"

唐勇迟疑地说："他们让你盗取钟万仇公文包里的东西，交给孙大金。"

"盗取钟万仇公文包里的东西？"吴兰此刻后悔自己刚才把话说得太满了。但是，她想到那天晚上钟万仇让自己生不如死，想到自己过了这一关，以后就有人保护自己，便鼓起勇气，掷地有声地说："我同意！"

唐勇叮嘱吴兰，此事伺机而行，不可贸然行动，切不可把他们这两天做的事情告诉任何人，包括婵娟。

假期结束后，婵娟陪同吴兰到国泰歌舞厅报到。

遗憾的是，钟万仇一直没有来国泰歌舞厅玩耍。

周六下午，孙大金把吴兰叫到办公室，告诉她，钟万仇打来电话，今天晚上他要到国泰歌舞厅喝酒，指名要吴兰陪酒、侍寝。

吴兰心里窃喜，却装作恐惧的样子，支支吾吾地说：“孙总，我——要不——让其他人——”

孙大金起身走到吴兰身边，把嘴附在吴兰耳郭上：“钟万仇的公文包里有一份高炮阵地布防图。你的任务是，乘钟万仇不备，用它拍下来。”他转身从抽屉里取出一个微型照相机和十块银圆。

他指着银圆说：“这是定金，事成之后，再给你十块。”

吴兰盯着银圆，没有说话。

孙大金说：“这件事非常好办的，一点儿风险都没有，而且金沙已经答应在房门外配合你。可能——半分钟吧，你就能赚到二十块银圆。”

“金沙配合我？她怎么不去拍？”

“要是钟万仇让金沙侍寝，你还有发财的机会吗？你干不干，说句痛快话！”孙大金催促道。

“我——试试吧。如果我把事情办砸了，你可不能埋怨我。”吴兰装作勉强答应。

接下来，吴兰在孙大金的耐心指导下，学会了使用微型照相机的拍摄方法。

周六晚上，钟万仇如约而至，坐在 5 号卡座。

吴兰端着 1900 年苏格兰麦卡伦威士忌来到 5 号卡座，目光扫过桌上的公文包。

吴兰倒了两杯酒后，便像小猫似的偎依在钟万仇怀里，实展各种媚术，帮助钟万仇找到征服女人就等于征服天下的感觉。

今天晚上钟万仇没有为难吴兰，自己喝酒，吴兰随意，让吴兰感觉上天都在帮助自己。

一瓶 1900 年苏格兰麦卡伦威士忌下肚，醉眼蒙眬的钟万仇那双长满黑色汗毛的大手，开始在吴兰身上肆意游走。

吴兰摆出欲拒还迎的架势，默默配合着钟万仇。

这时，侍应生走过来说，孙总要吴兰过去一趟。

经钟万仇同意后，吴兰离去。不大一会儿，吴兰拿着酒店房间的钥匙走过来：“钟参谋，孙总给您开了一间房。”她把嘴附在钟万仇的耳郭上，“还是那间。”

“孙总就是懂事儿！不喝了，我们办正事儿。”钟万仇拿起公文包，挽着吴兰往外走。

经过吧台时，孙大金又送给钟万仇一瓶 1900 年苏格兰麦卡伦威士忌，偷偷地向吴兰挤挤眼睛。

进入房间后，钟万仇与吴兰继续喝酒。吴兰没有拒绝，但是在倒酒过程中，她留个心眼儿，每次都给自己倒四分之一杯，给钟万仇倒二分之一杯。

没想到，钟万仇对此毫不介意。

一瓶酒喝下四分之三时，钟万仇显得不胜酒力，张罗睡觉。

吴兰服侍处于醉态的钟万仇上床，钟万仇却把公文包塞到枕下才睡去。

确认钟万仇睡着后，吴兰慢慢地抽动公文包，可惜钟万仇的头太重，她的手无力，且不敢用力，无法将公文包从枕下抽出来。

吴兰偎依在钟万仇身边，用发梢轻轻地摩挲钟万仇的脸。钟万仇抓了几把后，就把仰卧变成侧卧。

枕下的公文包露出大半。

吴兰慢慢抽出公文包，悄悄来到外面的客厅，从公文包里找到高炮阵地布防图，非常认真地翻拍。

钟万仇悄悄下床，走到门口，从门缝里盯着已经达到忘我境界的吴兰。

吴兰拍摄完毕，把微型照相机交给守在门口的金沙后，把公文包复位，悄悄躺在钟万仇身边。

吴兰原以为自己会非常紧张，没想到她在做这件掉脑袋的事情过程中非常平静，平静得连她自己都觉得不可思议。

一夜未睡的吴兰，刚走到棉花街街口，就被唐勇拽进轿车里。

吴兰把昨天晚上的事情向唐勇讲述一遍，并为自己未完成唐勇交办的任务道歉。

唐勇却说，吴兰已经完美地完成了他交办的任务。

一脸诧异的吴兰刚想问原因，唐勇似乎知道她要问什么，挥手示意她不要说话。

轿车一路向西，来到吴兰非常陌生的居民区。在一个房间里，唐勇告诉吴兰，她已经顺利通过考核，成为军统重庆站成员。

吴兰在一张贴着自己照片的表格上按下十个手印后，面向墙上的两张领袖像、一面青天白日旗，跟随唐勇宣誓。

宣誓完毕，唐勇告诉吴兰，他是吴兰的上线，吴兰只能与他一个人联系。

吴兰天真地认为，自此再也没有人欺负她了。

唐勇告诉吴兰，她当下的任务，就是潜伏在国泰歌舞厅，密切关注孙大金的一举一动，并向他如实汇报。

吴兰不解："为什么要盯着孙大金？"

唐勇告诉她，作为军统重庆站成员，一是严格执行上线交办的任务；二是保护好自己的特务身份；三是不该问的不问，不该说的不说，不该看的不看。

吴兰见唐勇这么说，就不敢再问。

三天后，日军轰炸机飞抵重庆上空，貌似有选择性地投下炸弹。向来肆无忌惮的日军轰炸机，这次却遭到国民政府军队高射炮反击，两架日军轰炸机中弹，在空中变成火球。

日军轰炸机被高射炮打下来的消息，一小时后就传遍重庆城。市民纷纷走上街头奔走相告，有的市民还把锣鼓搬出来敲打。

自从那天起，吴兰再也没有在国泰歌舞厅见过钟万仇。

晚上，吴兰刚到国泰歌舞厅，就被金沙带到孙大金的办公室。

脸色铁青的孙大金，一把拽过吴兰，把她的头按到办公桌上的三张照片前，厉声喝道："你拍的是什么东西？"

吴兰的头不能动，失声说："我不识字，不知道拍的是什么。钟万仇的公文包里只有三张图，我全部拍下来了。"

金沙把孙大金推到一边，扶着吴兰坐到沙发上，安慰道："兰儿，别怕，这件事办砸了不能怪你，你已经尽力了。你今天不用上班，回宿舍好好休息一下，以后还有将功补过的机会。"

吴兰离开孙大金的办公室，走出一段距离后，又悄悄折返回来，躲在门口偷听孙大金与金沙的对话。

金沙对孙大金说："你问问'红狐'到底是怎么回事。按理说，像这种涉密文件，钟万仇带在身上就是严重的违纪行为，他怎么可能带到我们这种地方呢？这个明显的漏洞，我们早就应该注意。"

孙大金说："我已经和'红狐'见过面。'红狐'

给出的解释是，钟万仇接到通知，第二天早上9点钟到国防部开会，讨论重庆防空事宜。钟万仇本想第二天早上从档案室调取会议讨论的高炮阵地布防图，‘红狐’提醒钟万仇，明天档案室负责人9点钟才上班，钟万仇根本无法携带高炮阵地布防图赶到会场，劝钟万仇提前领出来，明天早上从家里直接去会场。”

金沙翻看照片，自言自语：“难道这份高炮阵地布防图是假的？根据我们的人调查，这次轰炸的地方，没有一门高射炮。”她摇摇头，“吴兰虽然好用，可惜不识字，把好事也能办成坏事。我们应该把婵娟争取过来。”

孙大金不耐烦地抱怨道：“上峰只知道追究责任，我们怎能知道从钟万仇手里拿到的东西是假的？妈的，特高课上海站副站长小山禅明天晚上要到我们这里视察工作，还要我们做好保卫工作。重庆不是上海，我们都得夹紧尾巴做人。小山禅这时候来重庆，一旦出现闪失，我们是不是要剖腹自杀？”

“军人的天职就是服从命令！我们是天皇子民，随时听从天皇召唤。”金沙冷冷地说。

吴兰听到这里，快速离去。

她找个理由，来到街上，利用公用电话，把她窃听到的消息告诉唐勇。

唐勇只是告诉她，明天晚上他会去国泰歌舞厅，让她想办法给他提示谁是小山禅。

白天，重庆城区又遭到日军轰炸机轰炸；晚上，国泰歌舞厅依旧霓虹灯闪烁，门前车水马龙，达官贵人、富豪巨贾依旧到此享受纸醉金迷的夜生活。

三个身材矮小、着装考究的精壮汉子来到国泰歌舞厅门口。已经等候多时的孙大金和金沙迎上去，低声用日语与他们寒暄。

率先与孙大金寒暄的人，就是特高课上海站副站长小山禅。

练刚躲在远处，偷偷观察孙大金等五人。

靠近门口的卡座里，吴兰像其他侍酒女郎一样，与唐勇打情骂俏。吴兰的注意力，其实一直在门口的孙大金身上。她确定，孙大金率先接触的人，就是小山禅。

孙大金与小山禅寒暄时，吴兰碰了一下唐勇，冲小山禅努努嘴。

唐勇起身离开卡座。

孙大金把小山禅等人迎进办公室。一小时后，孙大金陪同他们来到舞台下第一排中间的卡座，喝酒品茗，观看歌舞。

待小山禅在卡座坐定后，金沙登台，演唱了一首日文歌曲。

按理说，在日军轰炸机连日轰炸重庆，炸死炸伤普通百姓无算，这时候在公开场合演唱日文歌曲，是非常不合时宜的。

可是，舞台下那些人，却感觉日文歌曲比听腻的中文歌曲新鲜多了，连连鼓掌叫好。

黑纱蒙面的练刚躲在上场口里面，紧紧盯着小山禅，慢慢地从腰间拔出手枪。突然，他闪身冲上舞台，扣动扳机。

伴随“砰”的一声枪响，弹头精准地钻进小山禅的额头。

“趴下，都趴下！”孙大金高喊着冲上舞台，拔出手枪向练刚射击。

唱歌的驻唱歌手、伴舞的舞女抱着头跑向下场口，让舞台上的练刚显得非常突兀。

陪同小山禅的两个特务，一起向练刚开枪。

躲在暗处的唐勇手下，用安装消声器的手枪，击毙陪同小山禅的两个特务。

练刚右臂中弹，且弹夹已经清空，俯身滚到下场口。此时，后台已经乱成一锅粥。他逆着人流跑进化妆间。

化妆间里，婵娟正在换衣服。

婵娟听见开门声，扭头看见提着手枪的蒙面人右臂被鲜血染红，吓得她连声惊叫。

“是我。”练刚低声说。

婵娟听出练刚的声音，转身扯过一件舞女的衣服和假发扔给练刚，把练刚推进换衣间，然后拿起拖把擦净地上的血迹。

三分钟后，孙大金带人闯进来。

“看见身上带血的蒙面人没有？”孙大金厉声问婵娟。

婵娟哆哆嗦嗦地说:“看见了，那个人刚才进来过，又跑出去了。”

练刚戴着假发，穿着舞女的衣服，神态自若地坐在化妆镜前，慢慢地往脸上涂抹胭脂。

孙大金等人潦草地查看换衣间后，匆匆离去。

婵娟一屁股瘫坐在地上，双手捂着胸口，“呼呼”地喘着粗气。

练刚迅速脱下舞女的衣服，换上一身正常女装，戴着假发走出去。

婵娟整理练刚脱下来的舞女衣服时，发现中间裹挟着白莲花手绢。

她端详着白莲花手绢，脑海里闪现出右臂被鲜血洇透的练刚、穿着舞女衣服淡定地坐在化妆台前的练刚……

现在的练刚，让她感觉无比陌生。

三辆警车停在国泰歌舞厅门口，一群警察冲进来，把四具尸体抬上卡车。

第五章
无字的墓碑

懒洋洋的晨光照在警察局大门上，也照在婵娟憔悴的脸上。

昨晚，国泰歌舞厅里的人，全部被警察带到警察局单独审问。

审问婵娟时，已经是清晨 6 点钟。两个疲惫的警察只是潦草地问了她几个无关痛痒的问题，便让她回家。

警察局里，已经没有国泰歌舞厅的人。

婵娟失魂落魄地走出警察局，拦下一辆黄包车坐上去。

她既担心练刚的伤势，又想弄清楚练刚的真实身份、为什么只身到国泰歌舞厅开枪杀人。

可惜的是，她只知道练刚是联大历史系助教。

黄包车即将抵达棉花街时，她突然告诉车夫，她要去联大。

车夫二话不说，掉转车头奔向联大。

因为世道比较乱，联大在门口增设了门岗，只有本校师生、员工凭借证件可以出入。

婵娟下车后，刚走到大门口，就被一个头发灰白、干瘪的脸上好像只有皮没有肉、额头宽大，背有点驼的门卫丁广福拦住："姑娘，你找谁？"

婵娟犹豫着说："我找历史系助教练刚。"

丁广福上下打量婵娟："你是他什么人，找他做什么？"

婵娟一时间不知道自己怎么回答，心里暗想："自己是练刚什么人，为什么来找他，自己都说不清楚。"

婵娟想了想，说："大伯，我是练刚的朋友，我有一件东西送给他。其实——我不进去也可以，您能打电话让他出来吗，我把东西交给他就走。"

丁广福再次打量婵娟，想了想，说："不好意思，这几天门卫的电话坏了。要不——你留下你的地址和姓名，等我见到练刚，让他去找你。"

婵娟听丁广福这么说，感觉练刚伤势不重，就掏出白莲花手绢，递到丁广福手中："大伯，麻烦您把这个手绢转交给练刚，他见到手绢就知道我是谁、怎么找我了。对了，我想约他下周六去孤儿院做义工，如果他方便的话，下周六可以去孤儿院找我。"

丁广福接过白莲花手绢："你放心，我一定把你的话转告练刚。"

虽然得知练刚伤势不重，但没有亲眼见到练刚，无法问他为什么到国泰歌舞厅杀人，婵娟还是有一点儿失落。可是看到丁广福满是戒备的眼神，她只好心不甘情不愿地离去。

婵娟走后不久，换岗的人接替了丁广福。丁广福快速走向教师宿舍。

他来到练刚宿舍门口，看到朱校长一行人焦急地等待着。

丁广福走到朱校长身边，掏出白莲花手绢："我换岗前，一个女孩子交给我一个手绢，让我把它交给练刚。"

朱校长接过白莲花手绢翻看，没有看出有特殊的地方，就交给身边的人查看。

朱校长问丁广福："她不知道练刚……"

丁广福想了想："她说话支支吾吾的，我感觉她与练刚不熟悉，但又貌似非常担心练刚。"他指指宿舍门，"练刚怎么样了？"

朱校长说："等赵教授出来，我们就知道了。"

丁广福哭丧着脸说："这对苦命的兄弟，弟弟刚去世，哥哥又受伤了。唉，我们怎么向他们去世的父母交代啊！"

这时，一脸疲惫的赵教授走出来，冲朱院长点点头。

丁广福跟随朱院长等人走进宿舍。

宿舍改成临时手术室，满头大汗的练刚躺在床上，吃力地冲众人微笑。

朱院长走到床前，示意练刚不要动：“据组织核实，小山禅中弹毙命，你就放心养伤吧。不过，今天有一个女孩来找你。”朱校长把白莲花手绢递给练刚，“她说你看到它，就知道她是谁。老丁，你详细描述一下你与她交谈的内容。”

丁广福把他和婵娟的对话，以及婵娟对话时的表情描述一遍。

练刚看看白莲花手绢，苦笑着摇摇头：“唉，我还是太慌乱了。好在它没有落到孙大金手里，不然肯定会惹出什么乱子。”他扫视众人一眼，“她就是国泰歌舞厅的驻唱歌手婵娟。”

朱校长的表情变得严肃：“在化妆间里，她是不是已经认出你了？”

练刚点点头。

朱校长思忖一会儿，对练刚说：“你马上转移，今天晚上就离开重庆。”他转身对丁广福说，“你负责联系交通站，把练刚安全转移出去。”

练刚急了，“呼”的一下坐起来：“朱校长，这是我弟弟未完成的任务，我必须替他完成。通过几次接触，我觉得婵娟是可以争取的。”

朱院长说："练刚，如果婵娟把你枪杀小山禅的事情说出去，你应该知道你要面临什么危险。"

"她要是想出卖我，我根本走不出化妆间！"练刚急切地说。

朱校长犹豫一会儿，对练刚说："你再考虑一晚上，明天早上给我准确答复。总之，在巨大利益和生命危险面前，人性是经不住考验的。我希望你不要感情用事。"他说完，冲众人摆摆手，率先走出宿舍。

宿舍里，只剩下反复观看白莲花手绢的练刚。

死里逃生的他，不由自主地想起他们一家四口人的遭遇。

他家祖居南京，几代人都是官宦。父母生下他们双胞胎兄弟，弟弟练石比他晚出生十分钟，却一直无微不至地照顾身为哥哥的他。

他们一家四口人的富足、幸福生活，因日寇入侵不得不终止。父母服从国民政府的安排，举家向大后方转移。

他们途经宜昌时，父亲见到好友卢左福。此时，卢左福不仅是国民政府交通部要员，还是天赐水运公司老板。他已经调用能调用的轮船，协助内迁工厂运输机器、设备、工人以及难民。

见到老朋友，卢左福十分开心，把酒言欢之后，他命人把练刚一家四口人送上开往重庆的客船。

那艘客船刚离开宜昌，就被日寇轰炸机投下的两颗航空炸弹击中。客船剧烈爆炸后解体，练刚一家四口人沉入江中。

呛了几口水之后，练刚便陷入昏迷状态。

练刚醒来后，发现他和练石躺在陌生的难民营里。他们找遍难民营，也没有找到父母。

卢左福得知练刚一家四口人乘坐的客船遭到轰炸，立即派人搜寻，最后在难民营找到练刚、练石，便把练刚、练石送到重庆联大，交给朱校长。

朱校长安顿好练刚、练石，让他们继续读书。

练刚、练石天资过人，一年内就完成了所有学业，并且在朱校长的影响下，他们加入了中共重庆地下组织。

上级接到密报，国泰歌舞厅疑似日本特高课的秘密情报站，便命练石想办法接触国泰歌舞厅的人，进而摸清国泰歌舞厅总经理孙大金的底细。

练石探知国泰歌舞厅领班花子湘的住处，就租住在花子湘家隔壁，与花子湘成为邻居。

花子湘白天不上班，练石不坐班，一来二去他们便熟悉了，经常在一起喝酒、下棋、聊天。

花子湘是狗肚子装不下二两香油的货色，什么话都敢跟练石说。他告诉练石，国泰歌舞厅之所以在多次轰炸中安全无恙，是因为总经理孙大金认识很多日本客商。那些客商，能影响日本的军政两界。

练石曾经多次潜入国泰歌舞厅，发现孙大金确实与很多说生硬汉语的人接触。那些人身材矮小、罗圈儿腿，惯用的肢体语言与重庆人惯用的肢体语言明显不同。

练石把他的发现向朱校长汇报。朱校长命他除了花子湘之外，再接触一些国泰歌舞厅的人，尽快查清孙大金的真实身份。

军统重庆站第一处副处长李证找到花子湘，想让花子湘记录孙大金的行踪，主要记录孙大金在哪里约见陌生人、与什么人经常接触，等等。如果花子湘的汇报属实，一年可以给他两根金条。

花子湘见如此轻松发财的机会送上门，自然不会拒绝。但是，他觉得自己跟踪调查孙大金，一旦被孙大金发现，就会砸了自己的饭碗，于是他让金沙办这件事，并答应每年给金沙十块银圆。

金沙爽快答应，并如实向花子湘提供一些孙大金的行踪信息。

由于花子湘提供的有关孙大金的行踪信息真实可靠，渐渐地取得了李证的信任。以前他们都是在临时约定的地方见面，花子湘觉得这么做，既浪费时间，又没有必要，就把他们见面的地点改为家里。

花子湘心安理得地做孙大金行踪信息二道贩子时，花子湘的行踪也被金沙全部掌握。得知李证某天下午要到花子湘家做客后，金沙悄悄潜入花子湘家，安装了定时炸弹。

花子湘为了炫耀他认识军统重庆站的人，便向练石吹嘘，军统重庆站第一处副处长是他亲如兄弟的好哥们儿，以后练石遇到什么麻烦事，他一个电话就能摆平。

练石当然想结识花子湘口中的军统重庆站第一处副处长，就央求花子湘予以引荐。花子湘爽快答应。

那天上午，花子湘把李证下午来访的消息告诉练石，并让练石备好酒菜。

练石没有多想，就从粤香村菜馆定了一桌丰盛的酒席送到花子湘家。

就在他们三人把酒言欢之际，威力巨大的定时炸弹爆炸，瞬间把花子湘家夷为平地。

练石牺牲后，练刚主动向朱校长申请，接手练石未完成的任务。

第二天，朱校长和赵教授检查练刚的伤情。练刚依旧向朱校长申请，他想留在重庆，继续完成练石未完成的任务，铲除日寇埋在重庆的毒瘤。

朱校长担心地说：“你的身份已经暴露，一旦婵娟有变，不仅你会身处险境，整个联大的中共地下组织也岌岌可危。”

练刚说：“如果国泰歌舞厅真是日本特高课的秘密情报站，对重庆的危害极大。我不甘心练石白白牺牲。我的第六感觉告诉我，婵娟是可以争取的。您就让我试一试吧，我会把握好分寸的。”

朱校长对练刚说：“你能不能留下来，需要上级批准。你等我的消息吧。”

三天后，朱校长通知练刚，上级批准他留在重庆，尽量把婵娟争取过来。

周六，婵娟乘坐公交车赶往孤儿院。

她刚下公交车，防空警报响起，吓得她向孤儿院方向猛跑。

天空中，两架轰炸机由远及近，由小变大，在孤儿院上空投下一枚炸弹。

几秒钟后，孤儿院上空升腾起滚滚烟尘。

婵娟上气不接下气地跑到孤儿院。孤儿院小型操场上出现一个巨大深坑，坑边到处是孩子的残肢断臂，黑乎乎的树干上，还挂着孩子的半截躯干……

她一屁股坐在地上，表情呆滞，眼神空洞。

不知道过了多久，一只手拍了拍她的肩膀。

她扭头一看，练刚站在她身边，凝视着面前的深坑，眼睛里充满怒火，紧紧地攥着糖果包。

“你——来了？”婵娟无力地问道。

“那边有人，我们去那边看看吧。”练刚指指孤儿院的二层主楼。

婵娟和练刚向二层主楼走去。婵娟远远看到李贞站在主楼门口，也一脸呆滞地望着操场上的深坑。

婵娟猛跑几步，扑到李贞怀里号啕大哭。

李贞像哄受伤的孤儿一样，一边拍打婵娟的后背，一边缓声说：“别哭，飞机飞过去了，飞过去了……”

“我们看看其他孩子吧，他们肯定受到惊吓了。”练刚轻声说。

最大的活动室内，好多孩子不停地哭闹。年轻的保育员李秀逐一安慰孩子，却怎么也安慰不好，急得满头大汗。

李贞、婵娟、练刚走进活动室，纷纷蹲下安慰孩子。直到孩子们拿到练刚分发的糖果，才止住哭声。

满头大汗的李秀松了一口气，上下打量练刚，扭头问婵娟：“婵娟，这位是——”

婵娟介绍道：“他是我的朋友，联大历史系助教练刚，今天和我一起来看望孩子，没想到——”

李秀冲练刚微微颔首：“谢谢你的糖果，不然我真不知道怎么能让他们安静下来。”她指指孩子，“别说他们，我都被吓破苦胆了。”

练刚说："我们应该比孩子坚强一些，不然怎么照顾孩子呢？孩子是无辜的，我们必须为孩子承担成年人制造的苦难。"

重庆慈云寺僧侣救护队带着担架、药包、纱布、药棉花、温水瓶等物品赶到孤儿院，救治伤者，为死者收尸。

练刚与婵娟为重庆慈云寺僧侣救护队队员做辅助工作，一直忙到下午 6 点才离开。

他们脑海里都是孩子的残肢，根本无心吃饭，默默地沿着马路往前走。

"那天，你杀的人是——"婵娟打破沉默，又觉得自己这么问有些唐突，"如果你不方便说，就当我没问。"

"炸死孩子的人，也是炸死我家人的人。"练刚低声说，"我父母和那些孩子一样，只想好好活着。"

"你有兄弟吗？"婵娟突然问道。

"有一个弟弟。我弟弟为了重庆的孩子不被轰炸，一直默默地努力。遗憾的是，他——被人炸死了。"练刚站下，仰望灰蒙蒙的天空，"如果我们对此无动于衷，下一个被炸的人，不是你，就是我。我——不想被动地、侥幸地活着。"

"难道我们活着是错误的吗？"婵娟联想到养父母、孤儿院孩子的惨死，自言自语。

"不，是有些人用他们的错误惩罚无辜的人，以此满足他们的贪欲、兽欲。我必须阻止他们。”练刚声音虽小，但说得斩钉截铁。

“可惜我们的力量太弱小了，根本无法阻止他们。”婵娟嗫嚅地说。她不想再讨论这个沉重的话题，转而问道，“你父母、弟弟也是重庆人？他们在哪次——”

练刚平静地说：“我们是南京人，在撤往重庆途中，乘坐的客船被日寇轰炸机轰炸，父母不知所踪。弟弟和我落水后，被救到难民营，尔后来到重庆。”

“是这样啊。你弟弟比你小几岁？”

“十分钟。我们是双胞胎，除了非常熟悉我们的人，其他人根本分不清我们。”

婵娟脑海里突然闪现一个英俊的脸庞。大概三个月前，她在国泰歌舞厅见过一个和练刚相貌、身材几乎一模一样的人。他似乎和领班花子湘很熟，但常常独自一个人坐在角落里喝酒。

因为英俊，因为独自一个人，她忍不住就多看那个人几眼。那时，她突然相信了“一见钟情”可能是真的，但是她没有勇气走到那个人面前，因为她是所有人都鄙夷的歌舞厅驻唱歌手，属于社会下九流中的底层。

不知道从哪天开始，那个人再也没有在国泰歌舞厅出现过。

“三个月前，你去过国泰歌舞厅吗？”婵娟试探着问道。

练刚摇摇头："那天——是我第二次去国泰歌舞厅。"

婵娟迟疑地说："我突然想见见你弟弟了。"

"你想见我弟弟？为什么？你不相信我们长得很像？唉，他已经不在了，我无法证实这件事情的真伪了。"练刚摇摇头。

"我相信你的话，我也知道他不在了，只是想知道他现在在哪里。"

"好吧，我现在就带你去见他。"

他们走向公交车站。

李秀从大树后面闪身出来，目送婵娟和练刚登上公交车，伸手拦下一辆黄包车，指指前面的公交车。

婵娟跟随练刚进入联大大门，从院墙边小路爬上后院的山坡。

山坡上有很多坟墓，排列得整整齐齐，宛如一个小型陵园。

练刚带领婵娟来到一座坟墓前站下，指指简陋且无字的墓碑："他在下面。"

婵娟心头一紧，看看练刚，看看坟墓。没想到，三个月前，还在卡座里儒雅地喝酒的人，为她的演唱鼓掌的人，让她产生莫名心动的人，现在却在这里与黄土相融。

她不由自主地在墓前鞠了三躬，然后用衣袖擦拭墓碑上的灰尘：“他的墓碑上，为什么没有名字呢？”

“他的使命没有完成，愧对重庆人吧。如果有一天，重庆上空不再出现日寇的飞机，我就把他的名字刻上去。”

婵娟突然转过身，直视练刚：“请你告诉我，如何才能实现他的夙愿？”

练刚指指其他坟墓：“你也想默默地躺在这里？算了吧，你好好活着，等日寇飞机从重庆上空消失后，安心地教孤儿院的孩子唱歌，才是更好的选择。”

婵娟摇摇头：“日寇的飞机不会凭空从重庆上空消失的，也不会靠几个人努力就能让日寇飞机从重庆上空消失的。”她目不转睛地盯着练刚，“我宁可安静地躺在这里，也不愿意在国泰歌舞厅目睹一张张丑恶的嘴脸。”

练刚一把扯过婵娟，拉着她躲到坟墓后面的灌木丛里：“别说话，有人来了。”

婵娟有些害怕，但为了证明她刚才所言不虚，壮着胆子向左右观看。

一身黑衣的李秀慢慢地走到左数第二座坟墓前，掏出匕首，在墓碑顶部重重地刻了一个“○”，然后转身离去。

确定李秀离开后，练刚和婵娟走到左数第二座坟墓前，发现墓碑上刻着一个“×”、两个“○”。

婵娟不解地问：“刚才那个人，是李秀吗？”

练刚点点头：“是李秀，肯定不会错。她为什么这么做呢？”他指指墓碑上的一个“×”、两个“○”，“她至少来过三次了”。

婵娟自言自语：“难道她非常憎恨坟墓里的人？”

练刚把婵娟送回家后，返回联大见到朱校长，说起李秀在左数第二块墓碑上刻“○”的经过。

朱校长沉思片刻，缓声说道：“李秀——李秀，她应该是来发泄愤怒的。据报，军统重庆站、日本特高课重庆秘密情报站都在争取她。我们不能眼睁睁地看着她在错误的道路上越走越远。”

随后，朱校长向练刚讲述了左数第二座坟墓主人罗伟的故事。

罗伟是中共重庆地下组织曾家岩地区负责人，他的公开身份是曾家岩商会会长，主要任务是为延安筹集战略物资。罗伟的下线李锐，在曾家岩经营永安堂药店。永安堂药店是中共重庆地下组织曾家岩地区的秘密联络站，店伙计郑家富是联络员。

郑家富有两个致命的弱点，一是好色，二是好酒，经常到国泰歌舞厅玩耍。李锐几次为此批评郑家富，郑家富却屡教不改。

为了探明郑家富为何如此迷恋国泰歌舞厅，李锐到国泰歌舞厅玩耍几次，结识了孙大金。孙大金对李锐异常豪爽，经常为李锐免单，理由是，请李锐往国泰歌舞厅多带些豪商巨贾、军政要员。

李锐确实把他认识的重庆上流社会的人介绍给孙大金。孙大金为了回报李锐，还通过关系，为永安堂药店搞到少量的盘尼西林。

因此,李锐也就不再阻止郑家富去国泰歌舞厅玩耍。

孙大金得知郑家富是李锐的店伙计，对郑家富更是关照有加，不但酒水优惠，有时还安排舞女陪郑家富过夜。郑家富把视金钱如粪土的孙大金，当作可以不设防的至交。

在孙大金面前，郑家富虽然没有直接表明自己的身份，更没有泄露组织的秘密，但是，他们之间存在的智商差，让郑家富在孙大金面前成为透明人。

有一天,孙大金把一个叫钱永的商人引荐给郑家富。

钱永大言不惭地说，他就是发国难财的，专门倒卖各种紧俏物资。他还告诉郑家富，在国民政府高层，包括军统内部，都有人大发国难财。

经过几番试探、调查，郑家富确信钱永就是要钱不要命、要钱不要脸的货色。

有一次，钱永在酒桌上，拿出两盒盘尼西林给郑家富看，并说他能搞到一大批。遗憾的是，他原来的买主被军统特务抓起来枪毙了，再也找不到能消化大批量的买家，问郑家富有没有销售渠道。如果这笔买卖能做成，可以给郑家富两成利润。

郑家富只说试试看。

郑家富把两盒盘尼西林样品带回永安堂药店，交给李锐鉴定，并如实汇报了这批药品的来源。

经过鉴定，李锐确认两盒盘尼西林是正宗的美国货。货源毕竟是孙大金的朋友提供的，李锐请示罗伟如何处置。正在为紧俏药品发愁的罗伟没有多想，便让李锐尽快促成这笔交易。

这笔交易进行得非常顺利。在孙大金运作下，这批盘尼西林顺利上船，送至郑家富指定的地方。

郑家富从中发了一笔横财。

三个月后，罗伟告诉李锐，那批盘尼西林，有百分之九十五是更换包装过期无效的，导致前线受伤将士使用后伤情恶化，造成严重的非战斗减员。上级要求逐级查明真相，如实汇报。

花了一大笔经费，购买过期药品，还给前线军队造成无法挽回的损失，李锐羞愧难当，责问郑家富到底是怎么回事儿。

郑家富见自己闯下大祸，又不敢坦陈自己在这笔交易中做的见不得人的勾当，就以找孙大金询问为由离开永安堂药店。

郑家富担心事情败露后，自己会遭到中共重庆地下组织锄奸队惩治，就投靠了军统重庆站，出卖了李锐。

在那个特殊时期，军统重庆站的特务还不能明目张胆地抓捕中共重庆地下组织成员。但是，军统重庆站站长毛仁奉又不想眼睁睁看着中共重庆地下组织日益壮大，就带人伪装成中共重庆地下组织锄奸队，到李锐家枪杀了李锐和他的妻子。

李秀在学校住宿，躲过此劫。

一夜之间失去双亲，让李秀难以承受，便向厚葬父母的郑家富询问父母的死因。郑家富告诉她，她父母都是中共重庆地下组织成员，只是为前线军队购买了一批过期药品，就被罗伟领导的中共重庆地下组织锄奸队枪杀。

李秀问郑家富如何找到罗伟，如何杀光罗伟手下的锄奸队。

郑家富说，中共重庆地下组织成员非常神秘且狠毒，只有等她毕业后，加入更强大的组织，才能为她父母报仇。

自此，李秀一边完成学业，一边练习功夫，为父母报仇做准备。

毛仁奉通过调查李锐家的电话通话记录，发现与李锐通话最多的人是罗伟，猜测罗伟也是共产党员。

毛仁奉派人跟踪罗伟多日后，制造一起车祸，导致罗伟身亡。

罗伟牺牲后，被联大的同志秘密埋葬在联大后山坡。

李秀毕业后，郑家富把李秀带到罗伟坟墓前，告诉她，坟墓里埋葬的人，就是杀害她父母的仇人罗伟。杀害她父母的四个人中，还有三人不知所踪，他还在秘密查找。

李秀在罗伟墓碑上刻下一个“×”。从那以后，她每年都来罗伟坟墓前一次，刻上一个“○”，旨在提醒自己，自己这一年还没有找到杀害父母的仇人。

听完朱校长的讲述，练刚有些着急：“朱校长，我们应该尽快把真相告诉李秀，为什么还往后拖延呢？”

朱校长顾虑重重地说：“我们没有有力的证据拆穿郑家富的谎言。仅凭我们的口述和解释，不但说服不了李秀，还有可能暴露我们的身份。你想办法接触李秀，见机行事。我们不能眼睁睁地看着李秀与她的父母背向而行。”

朱校长从抽屉里拿出一张照片，对练刚说：“这是罗伟同志生前留下的唯一照片。罗伟同志牺牲以后，她的夫人李贞就消失了。李贞也是知道真相的人之一，找到她，也许对挽救李秀有一定的帮助。”

第六章
尘封的胶卷

练刚和婵娟再次来到孤儿院看望受到惊吓的孩子。

他们来到李贞房间，见李贞正在收拾被爆炸产生的冲击波冲乱的房间，就和李贞一起收拾房间。

练刚整理一本《圣经》时，一张照片掉出来。他拿起照片一看，照片里的人，居然是罗伟。

李贞见练刚望着照片出神，便说道："他是我的亲戚，三年前死于车祸。"

练刚没有说话，把照片放入《圣经》里，继续收拾房间。

婵娟出去送垃圾的空当，练刚对李贞说："一个人手里也有一张同样的照片。"他说完指指书架上的《圣经》。

"真的吗？那个人在哪里？"李贞难以置信地瞪大眼睛。

练刚点点头，又摇摇头："我只看过一次那张照片，感觉好像一样，但不敢确认。如果您方便，明天下午3点钟，你们在院门口清风茶楼见面，比对一下照片。他手里拿着一本《圣经》，阅读一百三十三页。”

李贞眼睛湿润，轻轻地点点头。

练刚回到联大，把他发现李贞手里有罗伟照片一事告诉朱校长。

朱校长判断，李贞极有可能就是罗伟的夫人。

第二天下午2点半，朱校长便来到清风茶楼，在靠窗的茶桌边坐下，密切注视着孤儿院的门口。

下午2点50分钟，李贞拿着一本《圣经》走进清风茶楼，看到朱校长正在翻看相同开本的《圣经》，就径直走过去。她经过朱校长身边时瞥了一眼，发现朱校长正在看一百三十三页。

她坐到朱校长对面，也把手里的《圣经》翻到一百三十三页。

朱校长抬起头，上下打量李贞，然后把《圣经》翻到二百四十页，露出罗伟的照片。李贞从口袋里掏出罗伟的照片，放在桌面上。

两张照片一模一样。

朱校长向左右看了看，做出蘸茶水的手势，轻声对李贞说：“我们一起写出他的名字吧。”他说完，左手遮挡，右手写下“罗伟”两个字。

李贞做出同样的动作。

他们把自己的左手同时拿开，看到是相同的两个字，都直瞪瞪地看着对方。

朱校长率先问道：“李贞？”

李贞点点头：“你是——”

朱校长眼圈泛红：“我是罗伟同志的上线，代号‘樵夫’。罗伟同志牺牲后，我几乎找遍了重庆，也没有得到你的信息。这么多年，你一直在这里吗？”他指指孤儿院的大门。

李贞说：“罗伟牺牲前，我就在这里工作，并利用这个身份，担任罗伟的交通员，与李锐单线联系。李锐牺牲后，罗伟怀疑是孙大金从中搞鬼，便潜入国泰歌舞厅孙大金的办公室调查，发现了孙大金为了戕害我前线将士，利用郑家富运送过期盘尼西林而制订的‘移槐计划’，并准备向上级报告此事。他遭遇车祸之前，把一个胶卷交给我，并叮嘱我，一旦他遭遇不测，让我马上携带胶卷去成都。没想到，他一语成谶。我依照他的安排，立即向孤儿院创办人杰瑞克请长假，带着婵娟跑到成都躲避。两年后，我才带着婵娟回到重庆，因为罗伟、李锐都牺牲了，我与组织失去联系，从而成为断线的风筝。”

朱校长说：“那天，罗伟同志把他翻拍的‘移槐计划’照片交给我，让我知悉日本特高课重庆秘密情报站戕害我前方将士的恶毒计划，也知道了李锐同志是清白的。遗憾的是——”他没有说下去，而是伸出手，“李贞同志，欢迎你归队！”

李贞激动地与朱校长握手：“‘樵夫’同志，我想完成罗伟同志未竟的事业，请你给我分派任务。”

朱校长说：“你的事情，我需要向组织汇报。那个练刚，也是我们的同志。他现在执行一项重要的任务，可能需要你手里‘移槐计划’的胶卷。”

练刚刚到孤儿院附近，远远看见两辆吉普车疾速驶入孤儿院大门。他加快脚步，进入清风茶楼，在靠窗的桌前坐下，偷偷注视着孤儿院院内。

孤儿院操场上的弹坑已经被重庆慈云寺僧侣救护队填平，李贞房间的窗户上糊上白纸。

两辆吉普车停在主楼门口。

八个警察把李贞从主楼里押出来，塞进吉普车里，驾车离去。

“他们是什么人？为什么抓捕李贞？难道李贞的身份暴露了？”练刚大脑一片空白。

他这次来孤儿院，想取走李贞手里的胶卷。那筒胶卷，才是拯救李秀的良药。

练刚乘坐黄包车来到棉花街婵娟家，把李贞被警察抓走的消息告诉婵娟。婵娟一阵慌乱之后，拨通杰瑞克的电话，哀求杰瑞克解救李贞。

五分钟后，杰瑞克把电话打过来，告诉婵娟，李贞关在曾家岩警察局，被抓原因不详，并要求婵娟和他一起去曾家岩警察局询问。

李贞被押进曾家岩警察局的审讯室。

审讯室内，阴森恐怖，墙上挂着各种布满血渍的刑具。

警察局副局长傅山和侦缉队队长李海走进审讯室。他们打量李贞几眼，坐在审讯桌后，分别点燃一支烟。

李贞不停地思考，自从罗伟遭遇车祸牺牲后，她与组织失去联系，再也没有从事地下活动，警察为什么突然秘密逮捕自己呢？难道朱校长遇到麻烦了？

李贞闭上眼睛，提醒自己要冷静，不能说错一句话。

傅山夹着烟，走到李贞面前，狠狠地吸了几口，然后把烟蒂扔到李贞面前，用脚尖狠狠踢碎："李贞，把你做的那些见不得人、见不得光的事情说说吧。"他指指墙上的刑具，"从这里闭着嘴巴离开的，只有一种人。"他把嘴巴附在李贞耳郭上，"死人！"

"我可以说，但我不知道你们想听什么。"李贞淡定地说，"我年纪大了，记忆力不好，麻烦你提醒一下。"

傅山微微冷笑："看来你做的事情还不少，那就都说说吧，肯定有我们感兴趣的。"

“我前天见过杰瑞克牧师，请求他筹一笔钱，给孤儿院的孩子购置衣服；昨天孤儿院被炸，我配合重庆慈云寺僧侣救护队救治受伤的孩子，收拾残局……”

傅山转身逼视李贞：“李贞，我提醒你，这里不是什么好地方，没有原因我们不会把你请到这里来。我们对你客气，不是我们脾气好，而是因为你是女人。如果你不识抬举，一再考验我们的耐心，那我现在就告诉你，我们的耐心非常有限！”他说完，拿起炭火盆里烧红的烙铁又点燃一支烟。

“昨天，你与联大的朱校长为何见面？说！”李海喝道。

李贞不慌不忙地说：“我请朱校长推荐一个大学生，到孤儿院教孩子英语。我这么做违法吗？”

按照中共重庆地下组织行动规定，见面双方分手时，都要商定见面的事由，以备不时之需。李贞和朱校长分手时，就是这么商定的。

“他可不是这么说的！你再好好想想！”傅山厉声喝道。他再次拿起烙铁，放在距离李贞脸颊十厘米的地方。

“等一下！”伴随断喝声，唐勇走进审讯室。

傅山和李海向唐勇立正颔首：“唐长官！”

自从李贞被押进审讯室，唐勇和吴兰就一直坐在审讯室外的观察室里。

吴兰见受审人是李贞，壮着胆子问唐勇：“她是孤儿院院长李贞，婵娟的干妈，她能做什么坏事？警察怎么把她抓到这里来？”

唐勇冷笑道：“好人和好事，是辩证对立的。她做的事，对别人来说，可能是好事；对我们来说，可能就是坏事。”

“你指使警察把李贞抓来的？你们审吧，我走了！”吴兰起身要走，“你们没本事对付日本人，却有本事对付抚养孤儿的李贞！”

唐勇一把拉住吴兰：“我想让你熟悉一下审讯流程嘛。你认真听一会儿，没准儿她就会讲述和婵娟有关的故事呢。”

他们没想到，李贞根本不把傅山的威胁当回事儿。

唐勇命令警察抓捕李贞的真正目的，不是从李贞嘴里得到什么有价值的信息，而是掩护李秀做一件事情。

唐勇走到李贞面前，低声问道：“国泰歌舞厅歌女婵娟，与你是什么关系？”

李贞毫不犹豫地回答：“婵娟养父母死于火灾后，我收养了她，她是我的干女儿。”

唐勇又问：“练刚是你什么人？”

李贞回答道：“练刚和婵娟一起去孤儿院看望孩子，而且只去过两次。可以说，我和练刚并不熟悉。”

这时，警察局局长窦文冰和杰瑞克走进审讯室。

杰瑞克见李贞被锁在铁椅上，愤怒地用英语大声怒吼、责骂。

窦文冰与唐勇耳语几句，唐勇连连点头。

窦文冰向傅山挥手示意放人。

杰瑞克愤怒地用生硬的汉语警告窦文冰：“窦局长，我希望这是第一次误会，也是最后一次误会。你们这样做，对你们中国那些孤儿非常不友好！”

窦文冰点头哈腰，连连称是。

在杰瑞克轿车里焦急等待的练刚和婵娟，见李贞跟随杰瑞克走出警察局办公楼门口，婵娟立即推开车门扑到李贞怀里号啕大哭。

李贞轻拍婵娟的后背：“一场误会而已，没事了！”

李贞、婵娟、练刚乘坐杰瑞克的轿车返回孤儿院。

李贞走进自己的房间时，向前后左右看了看，示意婵娟到门口望风，随后她关上门，从书架上取出一本精装版《圣经》打开一看，双手不停地战抖，《圣经》掉到地上。

练刚捡起《圣经》一看，书里挖出的洞内空空如也。

他顿时明白，‘移槐计划’胶卷就放在里面，现在不见了。

李贞接过《圣经》放回原位，低声说：“在我去警察局这段时间，有人进入我的房间，偷走了‘移愧计划’胶卷。”

“难道警察局的人，在配合盗走‘移愧计划’胶卷的人？”练刚难以置信，“看来这个人能量不小啊。”

警察掩护的人就是李秀。

李秀大学毕业后，郑家富把李秀推荐给毛仁奉。李秀通过严苛考核后，成为军统重庆站特务。

毛仁奉并没有把李秀安排到军统重庆站，而是作为冷棋子放到无人关注的孤儿院，做任何人都不会注意的保育员。她与毛仁奉单线联系，只接受毛仁奉指挥。

李秀之所以甘愿潜伏在孤儿院，就是想利用大把空闲时间，找到杀害父母的凶手，为父母报仇。

她到孤儿院以后，装作无欲无求的样子，似乎除了孤儿，什么都不关心。平时，她对李贞言听计从，认真做好各项工作，深受李贞喜欢，以致李贞都想发展她入党。

好在李贞无法与组织联系，不然肯定会出现引狼入室的悲剧。

李秀注意到，孤儿院被炸之后，联大历史系助教练刚来到孤儿院，认识了李贞。练刚帮助李贞收拾房间后，很少与外界联系的李贞突然拿着一本《圣经》去了从来不去的清风茶馆，与陌生的朱校长见面。

李秀利用望远镜察看，看到李贞和朱校长面前摆放着同样的《圣经》，让她更加感觉不正常。

李秀跟踪朱校长来到联大，得知朱校长是联大的校长，便把罗伟的墓地与朱校长联系在一起。

她把自己的发现密报给毛仁奉，并断定李贞的身份绝不简单。

于是，毛仁奉通过唐勇，安排曾家岩警察局警察密捕李贞，以便李秀仔细搜查李贞的房间。

凭借特务专业搜查技能，李秀找到了“移槐计划”胶卷。

李秀发现这筒胶卷冲洗过，拍摄的内容貌似一份文件。她把胶卷再次冲洗出照片细看，发现照片中的内容是，潜伏在重庆的日本特高课特务，为了变相杀害八路军前线将士，通过化名钱永的日本特高课特务，取得郑家富和李锐的信任，高价贩卖过期的盘尼西林，进而引发中共重庆地下组织成员相互猜忌，引发内讧，自相残杀。

这与郑家富告诉她父母被害真相是相符的。但是有一个疑点，与化名钱永的日本特高课特务的直接联系人是郑家富，郑家富是购买那批过期盘尼西林的直接责任人，中共重庆地下组织的锄奸队，为何只杀了她的父母，却放过郑家富？

即便郑家富投奔了军统重庆站，但是犯下如此巨大错误且投敌的人，为何到现在还安然无恙呢？

一层层疑云，笼罩在李秀的心头。

她用曝光的废胶卷置换了“移槐计划”胶卷，交给毛仁奉。

次日，李贞把李秀叫到自己的房间，商讨修复孤儿院的工作。

婵娟热情地为李秀泡杯茶后，便假装认真地看报纸。

李贞微笑着对李秀说：“李秀，我们孤儿院不幸遭到轰炸，房屋受损虽然不算严重，但是很多窗户都被震坏了，玻璃肯定买不到，先买一些白纸糊上吧。”

李秀客气地说：“院长，你有什么事尽管吩咐，我一定照做。”

……

在李贞与李秀谈话时，练刚用黑纱遮面，进入李秀房中。

李秀房内的陈设很简陋，一张床，一把椅子，一个洗脸架，墙上挂着小镜子，床下有一个皮箱，床边有一个对开门的衣柜。

练刚打开衣柜，发现里面除了女人的衣服，还有三套男装——一套工人工装，一套高档西装，一套中山装。

她的衣柜里，怎么会有男装呢？看尺码，应该是她自己穿的。

在衣柜里没有其他发现，练刚拉出床下的皮箱，里面只有一些大学使用的课本。

他翻遍屋内，也没有发现那筒胶卷，便站在房内，四下打量，寻找可能隐藏胶卷的地方。

房门突然被打开，李秀出现在门口。她低声喝道：“什么人？”

原来，李秀与李贞聊天时，紧张的婵娟不时地望向窗户，尽管窗户上只有洁白的窗户纸。

李秀突然捂着肚子说：“哎呀，我可能吃坏肚子了。”她站起来，“不好意思，我得去趟厕所。”她不等李贞说话，径直跑出去。

李贞冲婵娟努努嘴。

婵娟起身追出去，却不见李秀的身影。

李秀推开自己的房门，看到蒙面的练刚站在屋里，抄起门口的砖头逼近练刚，抬手就砸，同时抬左腿截踢练刚的左膝盖。

练刚左腿后撤，抬左臂格挡住李秀拿砖头的右手，同时猛转身，右肘狠狠顶向李秀胸口。

李秀松开右手，弯腰收腹，躲过练刚的肘击。

练刚却被李秀扔掉的砖头砸中脚面。他忍着疼痛，上前一步，飞膝撞向李秀的下巴……

两个人近身搏斗一分多钟，均被对方击中几下，但都没有倒下。

婵娟来到房门外，见李秀和练刚打在一起，内心非常着急，大喝一声："蟊贼住手，不然我就开枪了。"

李秀听到婵娟的喊声，扭头观看。

练刚使出高鞭腿，抽到李秀肩膀上。李秀立即栽倒在地。练刚飞身跳到门外，把婵娟推到一边，快速逃走。

婵娟扶起李秀："李秀，你没事儿吧？那个人是谁？怎么大白天闯进你的房间？"

李秀揉着疼痛的肩膀："我没事儿。他可能是吃不上饭的穷鬼吧。"

婵娟冲李秀竖起大拇指："你真厉害，居然能打蟊贼！你的功夫在哪里学的，能不能教我几招防身？"

李秀听婵娟这么问，忽然觉得自己可能大意了。她平常的人设是少言寡语、胆小怕事、手无缚鸡之力的女子，今天却和高大健壮的男人打得不分上下，违和感太强了。

李秀慌忙解释道："家传的三脚猫功夫而已。"她突然想起自己现在应该在厕所，立即抓起卫生纸跑向厕所。

李贞拿着治疗腹泻的药，敲响李秀的房门。

婵娟打开门，把李贞扶到椅子前坐下，指着躺在床上的李秀说："刚才一个蟊贼进入房间盗窃，还打伤了李秀。”

“孤儿院从来不招贼啊，你们看清那个蟊贼长什么样了吗？”李贞起身坐到床边问李秀，“你的伤势重不重？要不要去医院看看？唉，屋里也没有值钱的物件，你为什么还要与蟊贼搏命呢？”

李秀佯装吃力地坐起来：“我就是生气嘛。唉，小时候穷怕了，舍命不舍财。”

李贞扫视房间：“丢了什么东西？”

“我来得及时，蟊贼好像刚进入房间，还没有来得及拿走东西。”李秀解释道。

“人没事，东西没丢，好，好！”李贞扭头注视着李秀，“李秀，昨天我约见了给我们推荐英语教师的朱校长，聊起孤儿院的保育员时，我提到了你。他说他的一个朋友和你父亲关系不错。”

李秀满脸狐疑地望着李贞，心想：“她一直珍藏着导致父母被害的凭证‘移槐计划’胶卷，说明她极有可能是父母被害经过的知情人，或者间接见证者。今天她主动提及父亲的朋友，难道她想间接告诉自己什么事情？”

李秀佯装无力地摇摇头：“人在人情在。自从父母去世后，父母的那些朋友一下子都消失了，现在我也不想见他们。”她好像对李贞提及的人并不关心。

“这个人叫丁广福，以前是联大的后勤行政领导，退休后留在联大做门卫。如果你不想见他，就当我替朱校长传句话。你好好休息吧，我去看看孩子。”李贞说完起身离去。

李秀想起国泰歌舞厅的孙大金是“移槐计划”的制订人，于是问婵娟：“婵娟，你的老板对你怎么样？”

婵娟摇摇头：“我只是国泰歌舞厅的驻唱歌手，跟孙总很少有交集。据说，他社会活动能量挺大的，与很多国民政府军政要员关系不错。”她冲李秀挤挤眼睛，“反正他有的是钱，还喜欢你这种古典美的知性女人。”

“他对你怎么样？”李秀再次追问。

婵娟苦笑着摇摇头：“我啊，就是他的赚钱工具，用着顺手看着顺眼就用，否则就像抛弃蔽履一样，扔得远远的。今天你的心情貌似不太好，我请你去国泰歌舞厅喝一杯酒吧，顺便认识一下孙总。”

李秀迟疑地说：“孤儿院有纪律，夜晚不能外出。”

婵娟说：“你不是受伤了嘛，必须外出治病。”

晚上，在国泰歌舞厅营业前，婵娟把李秀带到一个包间里，把金沙、吴兰介绍给李秀。

金沙得知身材曼妙、长相标致的李秀在孤儿院做保育员，就表现出惋惜之情：“妹妹如此漂亮，整天和一群不懂事的孩子打交道，实在太可惜了。我们的孙总，社会人脉广，只要他给你搭条线，肯定能让你从人间一步跨到天堂。”

李秀佯装羞涩：“唉，我读大学时，父母去世，家道中落，现在我养活自己都是非常困难的事情。”她看看豪华的包间，“如果不是婵娟带我来这里，我可没有资格来这种地方。我就是苦命的孩子，不下地狱就不错了，岂敢奢望天堂。”

得知李秀是大学毕业生，金沙心动了。现在她与孙大金正在秘密筹建日本特高课重庆特别行动队，需要物色几个女特务，作为攻击国民政府军政要员的肉体炸弹。

金沙见李秀迟疑，就拉着李秀来到孙大金的办公室。

“孙总，我帮你发现一棵摇钱树。”金沙大声喊道。

孙大金眯缝着眼睛，瞥了李秀一眼，然后起身围着李秀走了一圈，边看边不停地点头：“硬件条件不错，不过我们的服务对象比较特殊，还得看其他各项素质。”他说完冲金沙摆摆手，“我们都考虑一个礼拜吧。金沙，你带李小姐熟悉一下这里的环境。”

孙大金的意思是，待查清李秀的底细再定。

金沙带领李秀参观了国泰歌舞厅，李秀默默记住了国泰歌舞厅的所有出入口及安保人员所在的位置。

孙大金特意给李秀安排一个卡座，叫来几个伪装成生意人的特高课特务一起喝酒、玩骰子，故意让李秀赢了一笔钱。

国泰歌舞厅打烊后，孙大金还安排人驾车把婵娟和李秀送回去。

在孤儿院门口，李秀待轿车走远，步行两条街，找到一个电话亭，拨通毛仁奉的电话，把她在国泰歌舞厅的经历简要汇报一遍。

毛仁奉命她继续接触孙大金，伺机查明孙大金的真实背景和身份，以及哪些国民政府军政要员与孙大金接触。

李秀打完电话，回到自己的房间换上工装，翻出孤儿院的院墙。

练刚从角落里闪身出来，紧紧跟随李秀。

李秀走过几条街，反复折返，没有发现有人跟踪后，才来到一个小院门口。

这个小院，是毛仁奉专门给她准备的安全屋。

李秀进入小院内五分钟后，驾驶一辆轿车离去。

练刚目送轿车消失在大街的尽头，心中暗想："一个普通的保育员，却能熟练驾驶轿车，看来李秀的身份不简单。"他决定进入小院内查看。

这座小院子非常奇怪，院内没有任何树木，所有门窗都装有铁制护栏。

练刚走到北房门前，把耳朵贴在门上细听，屋里没有任何动静。他从挎包里掏出开锁工具，几下便打开门锁，掏出手枪，闪身进入屋内，贴墙站好。

一分钟后，屋内依旧没有动静。

练刚从挎包里掏出手电筒四下照了照，客厅内空一物，墙上挂着皮鞭、藤条等刑具，窗户全被棉被遮挡。他查看东屋，东屋的陈设，却像高档酒店的客房，不仅有大床，还有梳妆台。他拉开梳妆台的抽屉，里面全是女人用的化妆品。

练刚来到西屋，西屋却像香堂。一张祭案靠北墙摆放，祭案上方挂在一男一女两张照片。照片前摆放两个灵牌。一个灵牌上写着“先考李锐之灵位”，一个灵牌上写着“先妣曾与红之灵位”。

灵牌前，有一个精致的铜制香炉，香炉里堆满香灰。

练刚搜遍北房三间屋子，也没有发现有价值的线索。但是，他判断李秀肯定会回来，因为那台轿车，她停在哪里都不合适。

于是，他在小院子的角落里藏好，等待李秀回来。

一小时后，院门打开，李秀驾车回来了。她把轿车停在东厢房车库内，关上院门，在院子里走了几个来回，又返回东厢房，从里面推出一个双手被绑、头罩头套的人。

李秀把那个人推进北房，关上房门，打开电灯。

练刚悄悄摸到北房门前，寻找能看到屋内情景的地方，可惜没找到。

北房客厅内，李秀摘去那个人的头套、堵嘴的破布。那个人竟然是联大门卫丁广福。

丁广福适应屋内的光线后，打量面前一身工装、头戴礼帽、面罩黑纱的李秀：“你是谁？这是哪里，为什么把我这个糟老头子绑到这里？”

“我是要你命的人，这里是你的生命终点。我把你绑到这里，就是让你偿命。”李秀冷冷地说。

门外的练刚，听出丁广福的声音，急得团团转。

“我问你答，建议你想好再说。”李秀说完，不等丁广福说话，“啪啪”抽了丁广福两藤条。

“你——”丁广福的反应稍微有点迟缓，刚说出一个“你”字，又挨了两藤条。他厉声喊道，“你到底想让我说什么啊？”

“你什么你，我让你大声说话了吗？”李秀踹了丁广福两脚，“说，‘移槐计划’到底是怎么回事儿？中共都有哪些人参与？他们现在在哪里？”

“我不知道你说什么！”丁广福低声说。

“啪，啪，啪”，李秀又抽了丁广福三藤条，疼得丁广福连声惨叫。

练刚大脑飞速转动：“‘移槐计划’已是三年前的事，对现在任何一方都毫无价值，李秀为何还追问此事？李秀的攻击招式，不是日本特务惯用的空手道，而是中国传统的八极拳；她审问丁广福的手法，应该是军统特务惯用的手法，难道她是军统的人？军统的人为什么会关心‘移槐计划’呢？”

他想到西屋内的灵牌，以此可以确认李秀就是李锐的女儿。她追问“移槐计划”，可能是查证李锐夫妇的死因。

想到这里，他转身爬到西厢房房顶，学了几声鸟叫。

这种鸟叫声，是朱校长在摩斯密码基础上研发的在特殊环境中传递信息的密码，取名“鸟鸣密码”。练刚利用鸟鸣密码，告诉丁广福实话实说。

李秀听到鸟叫声，立即提枪开门跑到门口，锁上房门，在院子里察看一遍，没有发现异常情况，又开门进屋。

练刚判断李秀突然听到这种奇怪的鸟叫声，必然会出来察看。他见李秀果然跑出来，便躲到屋脊后面。

丁广福听到鸟鸣密码传递的信息，紧张的心理一下子松弛下来，向李秀详细讲述了孙大金制订“移槐计划”、指使钱永勾结郑家富欺骗李锐购买过期盘尼西林、郑家富害怕事情败露投靠军统、杀害李锐夫妇的全部经过。

丁广福最后说：“当时杀害李锐夫妇的人，一个是郑家富，一个是刁克。你可以找他们证实我所言真假。”

“我会证实的。我把你的脑袋寄存在你脖子上几天。如果你所言有半句假话——”李秀把手枪枪口抵在丁广福的太阳穴上，“后果你比我清楚。”她说完，把破布塞入丁广福的嘴里，又给他戴上头套，押到轿车里。

轿车驶出院门，消失在街头。

练刚翻墙来到大街上，去药店购买了金疮药，然后拦下一辆黄包车，赶往联大。

练刚来到联大门岗窗前，见丁广福若无其事地坐在里面，好像什么事情都没有发生一样，不由得佩服老爷子的坚强。他走进门岗，把金疮药放在桌上。

丁广福看看练刚，看看金疮药，用鸟鸣密码问练刚，怎么知道他受伤了。

练刚用鸟鸣密码回答四个字——实话实说。

丁广福转过身，撩起上衣，露出后背残破的皮肤，骂道：“小娘们儿长得不赖，咋这么狠呢？唉，朱校长还安排我接触她呢，没想到她却以这种方式找上门来。”

“你这只老狐狸，怎么落到她手里了？不至于啊。”练刚一边给丁广福的伤口涂抹金疮药，一边转移丁广福的注意力。

“还不是因为你嘛。她把轿车停在大门口，说她是你的朋友，让我打电话通知你出来。我告诉她，你不在。她说她知道你在哪里，借电话通知你。于是，我就放松警惕，让她进入门岗打电话。没想到，她进来后，不是打电话，而是把我打晕了。”丁广福转过身，“你怎么在那种鬼地方？”

“我这几天一直在调查她的真实身份，几乎全天候监视她。现在可以确定，她也在调查李锐夫妇被害的原因。她怎么突然找到你了？”

“朱校长让李贞告诉她，我是她父亲的朋友。唉，没想到她竟然以这种残酷的手段对待她父亲的朋友，为什么呢？”丁广福随后自己给出答案，“根据她问我的那些话，可能认为以这种办法得到的消息，比酒桌上得到的消息更真实、更可靠。”

“可是，她下手也太狠了。”练刚盯着丁广福，“你和朱校长不会在演苦肉计吧？”

丁广福摇摇头：“我本以为，通过李贞传话，她会请我喝茶、喝酒、喝咖啡，然后求我讲出他父母被害的真相，真没想到她会这样做！看她的恶毒手法，应该是军统的人，还能挽救吗？她对我可是一点怜悯之心都没有。”

练刚不再说笑，一脸严肃地说：“宝贝放错地方就是危害，我们必须想办法挽救她。”

疲惫的李秀来到李贞的办公室，冲李贞点点头，坐到沙发上。

李贞感觉李秀不太正常，走到李秀身边坐下："李秀，怎么了？昨晚没睡好？"

"院长，我见过——丁广福了。"李秀眼神空洞、呆滞。

李秀父母死后，关于父母的死因，都是郑家富告诉她的，她也信以为真。郑家富说，她父母对共产党忠心耿耿，一心扑在中共重庆隐蔽战线工作上。只是因为她父亲冒着生命危险购买了一批过期的盘尼西林，就被中共重庆地下组织锄奸队杀害。郑家富因此心灰意冷，才改投军统，誓与中共重庆地下组织不共戴天。

李秀反复推敲郑家富的话，并没有发现任何漏洞，因此才在郑家富的引荐下，投靠毛仁奉，想利用军统重庆站的力量，为父母报仇。

这几天，她发现父母的死，存在另一种版本。现在，她必须不动声色地查证哪个版本是真实的。

"哦，我昨天告诉你的，今天——"李贞看看手表，显示是上午9点钟，"不会吧，今天你还没有出门吧？"

李贞从口袋里掏出"移槐计划"胶卷，放在茶几上："那天我来找你借《圣经》，你不在，我随手从书架上拿起一本，没想到在书里发现它。我当时觉得好奇，就——你以那种方式珍藏它，它对你可能很重要，我就把它还回来。”她说完起身向李秀鞠躬致歉。

李贞让李秀坐下，拿起胶卷说道：“该发生和不该发生的事情，都已经发生了，它也没有什么价值了。我之所以保留着它，只是想把它当作证据，揭开一些人的丑陋面目。”

“需要我帮忙吗？”李秀盯着李贞，缓声问道。

“你能帮我什么忙呢？”李贞反问。

“我确实帮不了你什么。”李秀觉得李贞怀疑她的真实身份，不会把关于她父母被害前后的事情向她和盘托出。于是，她为了打消李贞的顾虑，便把自己的打算告诉李贞。

“你帮我一个忙吧，应该说帮我出一个主意更合适。”李秀缓缓地说。

“我们同事一场，可以说情同姐妹，你有话直说。”李贞拉起李秀的手，轻轻拍打手背，似乎给李秀信心和勇气。

“我想找一个人。”

“我认识吗？还是杰瑞克牧师认识？没关系，只要他在重庆，我们想想办法还是能找到的。”李贞关切地说。

李秀注视着李贞：“我认识他，也知道他在哪里，可惜不容易接近他。我直说吧，他叫刁克，军统重庆站行动队副队长。”她顿了一下，“我知道，这种人霉气很重，很多人避之唯恐不及。我今天把胶卷还给你，就是向你表明我的态度。希望你能想办法帮我，否则我可能成为父母讨厌的人。”

李秀没有明说，但是李贞听明白了，不过李贞还是不放心。如果李秀想利用这件事，接触中共重庆地下组织的重要人物，一旦事与愿违，后果不堪设想。

李贞说：“请你告诉我，我怎样才能帮助你。”

“我需要一个帮手。爆炸那天送孩子糖果那个人，叫练刚吧，我觉得他能帮我。可惜我和他不熟悉，你能帮我联系他吗？当然，事成之后，我肯定会有酬谢。”

李贞想了想：“练刚是我干女儿婵娟的朋友，我和他并不熟悉。据我观察，这个人为人仗义，乐于助人，应该会帮助你的。我现在就打电话叫他过来。”她说完就去打电话。

李贞放下电话，告诉李秀，下午 5 点钟，练刚在清风茶楼等她。

下午 4 点半，李秀就来到清风茶楼门口等待。

下午 4 点 50 分，练刚乘坐黄包车来到清风茶楼门口。李秀迎上去，与练刚寒暄几句后，示意练刚在前面走。

练刚距离李秀半米时，李秀突然抬腿踹向练刚臀部。

可能是习惯性动作，可能是肌肉记忆，练刚突然侧身躲过李秀的脚，右手习惯性地抓住李秀的脚踝。

李秀一头折向练刚怀里。

练刚伸手把李秀扶住。

李秀站稳后，指指地下的石头说：“不好意思，被它绊了一下，险些撞到你。”

“没事，我们进去吧。”

其实，李秀在试探练刚。那天，在她屋里，练刚虽然黑纱罩面，但从身高、体形，发型、眉宇判断，那个人就是练刚。

今天练刚的习惯性反应，进一步印证了她的判断。没有经过特殊训练的人，如此近距离攻击，很难习惯性地做出防御动作。

他们在靠窗的座位坐下后，练刚开门见山地说：“婵娟是我的好朋友，李院长是婵娟的救命恩人。李院长托我帮你一个忙，我责无旁贷。”

李秀向左右看了看，低声说：“我想把军统重庆站行动队副队长刁克请到闲人免进的地方，向他询问一些事情。当然，据说他身边向来不少于四个特务，请他去他不熟悉的地方不容易。如果你觉得有难度，我再另想办法。”

练刚微微一笑：“我好像还没有学会如何拒绝如此漂亮女人的求助。具体怎么办，你做一个计划，我全力配合你。”

第七章
美女与野兽

刁克，虽然是贫苦人家出身，却长得人高马大。只是因为家里穷，他从小就一直被同龄人鄙视、欺负，导致他非常自卑，且胆小如鼠。

当年某一天，刁克到曾家岩讨饭，遭到一伙地痞流氓殴打。李锐救下奄奄一息的刁克，帮助刁克治好伤后，留他在永安堂药店做伙计，与郑家富住在一起。

刁克为了能在永安堂药店长久待下去，想尽办法讨好身边的人，尤其对与他住在一起的郑家富，更是百般谄媚，让郑家富感觉很舒服，因此收他做小弟。

别看刁克对身边的人百般顺从，但在心里非常憎恨他们。尤其对把他从死神手里拯救出来的李锐，更是有一种难以言表的痛恨。他的理由是，李锐没有给他高人一等的地位和身份，才导致他不得不低三下四地讨好身边的人。

郑家富成为孙大金围猎的目标后，见识了重庆上层社会人生活的样子，迷恋上灯红酒绿的生活方式。但是，微薄的薪水无法满足他日益膨胀的欲望，只好勾结钱永高价倒卖过期盘尼西林，坑害前线受伤的八路军将士。

事情败露之后，郑家富带着小弟刁克投奔军统重庆站，让刁克获得了可以随意欺负别人的权力，因此刁克对郑家富感恩戴德。

传闻，当郑家富提出要杀死李锐全家时，刁克二话不说就答应了。他们骗李锐打开房门后，刁克毫不犹豫地向李锐夫妇开枪，并且枪枪致命。

刁克做人没有原则、做事没有底线的性格，深受毛仁奉赏识。毛仁奉很快就命他出任军统重庆站行动队副队长。

曾经无端遭受欺负的人掌握了权柄，可以随意决定别人的生死，他的危害性是无法想象的。刁克出任军统重庆站行动队副队长后，就像冲出地狱的魔鬼，加倍报复所有他认为可能比他活得快乐的人。

曾经让刁克不敢奢望的国泰歌舞厅，现在成了他醉生梦死的地方；曾经让他不敢正视的孙大金，现在在他面前，就是他以前在永安堂药店扮演的角色。

刁克只要晚上不执行任务，就带领一群小弟到国泰歌舞厅逍遥快活。

朱校长给练刚带来一个好消息，中共重庆地下组织为了补充锄奸队的力量，从川东游击队调来五名同志，他们对外的身份是联大食堂杂工。

练刚和五名同志组建了名为“啄木鸟小组”的锄奸队。其中一名叫王战的同志被推举为组长。

凭借现有力量，练刚和“啄木鸟小组”成员想要暗中杀掉刁克，难度肯定有，但不是没有机会。李秀要求活捉刁克，这个任务的难度，比暗杀的难度增加数倍。

练刚和王战悄悄跟踪刁克半个月后，掌握了刁克的日常活动规律。

婵娟汇报，刁克在国泰歌舞厅经常强迫富商为他买单，导致很多富商不敢再去国泰歌舞厅。孙大金表面上不在乎刁克等人吃吃喝喝，背后却气得骂娘。练刚与李秀再三推敲后，决定利用孙大金与刁克的矛盾，在国泰歌舞厅活捉刁克。

王战以假名字租来两辆吉普车，停在国泰歌舞厅门口，四名“啄木鸟小组”成员在吉普车里等候。

打扮得花枝招展的李秀来到国泰歌舞厅，径直走进孙大金办公室。

孙大金见到李秀，立刻眉开眼笑地嘘寒问暖：“哎呀，李小姐，那日离去，怎么一点儿消息都没有啊？”

其实，孙大金早就通过各种渠道调查李秀的家庭背景，好在毛仁奉已经为李秀编造了天衣无缝的身份，让孙大金查无可查，确信李秀就是社会关系极其简单的孤儿院保育员。

李秀一脸无奈地说：“唉，我也不想当孩子王，不料——唉——”说着，她就要哭了。

孙大金见李秀一脸死不起活不起的表情，心中窃喜。女孩子的难处，就是他打开金库的钥匙。于是，他问道：“李小姐遇到什么难处了？不妨说出来，我们一起想办法解决。”

李秀摇摇头：“你帮不了我的。”

“你说出来嘛，即便我帮不上忙，起码还能为你出个主意。要是花钱，你说一个数，我马上为你解决。”

“唉，根本不是花钱能解决的事。我们孤儿院不是被炸了嘛，军统重庆站行动队副队长刁克去察看。李院长安排我接待刁克，没想到刁克不但要强行纳我为妾，还警告我除了孤儿院的男孩子，不能与任何男人接触——”

说到此处，李秀哭得梨花带雨，难以自制。

孙大金乘机把李秀搂到怀里，体贴地为李秀擦眼泪。

孙大金现在还不想招惹军统重庆站的人，毕竟他还要完成更重要的任务，不想因为杀掉刁克坏了大事，所以他才对刁克的无理行径、霸道要求一再隐忍。

左右权衡之后，他想出了一个办法。

他对李秀说："我是生意人，让我直接杀掉军统重庆站行动队副队长，我可没有那种胆量，但我也不能眼睁睁地看着刁克欺负你。你回去等一晚上，我保证从明天开始，刁克就不会骚扰你了。"

"我也不想让你杀人，我也怕军统的人抓我。你能不能告诉我，刁克怎样才能凭空消失呢？"李秀佯装惊恐。

孙大金微微一笑："比如他离开我这里之后，被疯狗咬死了，或者翻车摔死了，总之你再也看不到他了。"

李秀突然起身，跪在孙大金面前，连连磕头。

孙大金连忙扶起李秀："李小姐，使不得，绝对使不得。我这个人心善，见不得好人被欺负。你先回去，等我消息。"

李秀千恩万谢地离去。

李秀走后，孙大金找来钱永，与钱永耳语一番后，钱永离去。

孙大金又找来金沙，给她分派了任务。

夜幕降临，国泰歌舞厅门前人声鼎沸，车水马龙，一派盛世的景象。

一辆轿车停在国泰歌舞厅门口。一脸乱糟糟胡子的刁克从轿车里钻出来，伸了一个懒腰，做出抽烟的手势。

先下车警戒的手下见状，赶紧掏出烟盒，抽出一支香烟放在刁克两指中间，掏出火柴，殷勤地为刁克点燃香烟。

刁克深吸一口烟，扫视周围一圈后，在四个手下簇拥下，快速走进国泰歌舞厅。

金沙、婵娟和几个舞女站在门内。金沙见刁克进来，立即扭腰晃臀地迎上去，嗲声嗲气地说："呦，这不是刁老板嘛，您可来了，想死我了！"

刁克顺势搂住金沙的腰："哪里想了？"

金沙点指胸脯和屁股："这，这，还有这，哪里都想。"她指着婵娟说，"孙总责令我们的头牌歌手，今晚专门陪您喝酒。"她看看刁克的手下，指指舞女，"你们今晚陪四位爷喝到尽兴！"

刁克大大咧咧地说："哈哈，看来孙总越来越懂事了，有进步！"

说话间，他们便来到刁克常坐的 4 号卡座。金沙冲领班打了一个响指，领班立即端来五瓶 1900 年苏格兰麦卡伦威士忌。

婵娟打开两瓶酒，给每个人倒了一杯，然后端起酒杯，冲刁克微微一笑："刁老板，今天我借孙总的酒，敬您一杯。祝您年年有今日，岁岁有今朝。"

刁克的四个手下，看看酒杯，看看刁克。

刁克一瞪眼睛，低声喝道：“懂点规矩！”

四个手下随即双手抱肩，直挺挺地坐着。

“哎呀，到这里还讲什么规矩！”婵娟抱着刁克的肩膀，指着四个舞女说，“刁老板，孙总命令她们陪好四位爷。如果她们连陪四位爷喝酒的任务都完不成，会被扣薪水的。还有，我们大口喝酒，让四位爷直瞪瞪地瞅着，我也喝不下去。刁老板，您是不是怕什么啊？我怎么觉得在重庆，就没有您怕的人呢！”

婵娟如此吹捧，如此激将，让刁克放松警惕，冲四个手下努努嘴。

四个舞女立即把酒杯端到四个手下嘴边。四个手下对美女、美酒毫无免疫能力，一口喝尽杯中酒。舞女随后又给他们的杯中倒满酒。

婵娟也用尽各种手段，劝刁克喝酒。美酒下肚，美言入耳，美女在侧，让刁克渐渐放松警惕。

站在角落里的钱永一直盯着 4 号卡座。他见刁克等人都沉浸在美女美酒之中，冲暗处挥挥手，然后走出门口，来到刁克的轿车前。

一个电工打扮的人，挎着工具袋走到钱永身边。

钱永冲刁克的轿车努努嘴。电工向左右看了看，几下子打开车门，钻进去忙活了一通。

练刚、王战坐在吉普车里，完整地目睹了这一幕。

练刚和王战下车，走到吧台，与一个侍应生耳语几句。

侍应生走到 4 号卡座，对婵娟说："婵娟小姐，请你到吧台接电话。"

婵娟向刁克致歉后，来到吧台。练刚把她拉到无人处耳语一番。

婵娟返回 4 号卡座，继续劝刁克喝酒。

刁克起身挥挥手，示意一个手下陪他去洗手间。两个人踉踉跄跄地走向洗手间，婵娟继续招呼刁克手下喝酒。

三个手下从来没有喝过这么好的酒，趁刁克不在，每个人连续喝了两满杯。

刁克和手下在便池前撒尿时，后脑纷纷遭到重击，昏死过去。

练刚、王战和两个"啄木鸟小组"成员，像架着醉鬼一样，架着刁克和他的手下走出国泰歌舞厅，把他们塞到吉普车里，驾车离去。

半小时后，刁克的三个手下才想起刁克。一个手下跑到洗手间寻找，不见刁克的踪影，就问吧台侍应生，是否看见刁克出去。

侍应生如实回答，刁克和一个手下，跟随四个人到重庆大饭店谈事情。

三个手下意识到大事不好，扔下婵娟和舞女，出门驾车直奔重庆大饭店。

他们驾车驶出一公里后，前面是长下坡。处于醉酒状态的司机眼中的路都是平的，还不断地踩油门。

车速越来越快。

当司机意识到是下坡路时，连踩几脚刹车，怎奈刹车无效，轿车载着三个人高速冲下去，最后车毁人亡。

夜幕下，老顾茶馆的幌子迎风摆动。

老顾对店伙计喊道：“出去看看有没有出夜工的经过，冲他们多吆喝几声。”

店伙计会意，跑到路边左右察看。

两辆吉普车停在茶馆前，练刚、王战和三个“啄木鸟小组”成员下车，分别从后备厢里拽出一个鼓鼓囊囊的麻袋。

两个“啄木鸟小组”成员分别扛起麻袋走进茶馆，练刚和王战紧随其后。

两辆吉普车快速离去。

老顾带领练刚等人走出茶馆后门，来到后面山坡下几捆靠在一起的稻草前。老顾搬开稻草，露出半人高的山洞口。

扛麻袋的“啄木鸟小组”成员放下麻袋，将其拖进山洞。

山洞口虽小，他们行进三十米后，却是一个三十平方米的半圆形窑洞，地上摆放着八个木凳。

窑洞墙壁上挂着马灯，但洞内依旧很暗。

码头工人打扮的李秀，席地坐在距离马灯最远的位置，一个破草帽盖在脸上，貌似在打盹。

两个“啄木鸟小组”成员分别打开麻袋，倒出刁克和他的手下，拽出他们嘴里的破布，把他们拽到马灯底下。

刁克看了看面前的人，都用黑纱罩面，以为落到土匪手里，哀求道：“各位爷，有话好说。你们想要多少钱，开个价，我绝不还价。”

练刚冲王战努努嘴。

王战蹲在刁克面前：“明说吧，我们只想向你打听一件事。三年前，永安堂药店老板李锐夫妇在家里被杀的事，你应该知道吧？”

刁克惊恐地扫视周围的人，最后目光落在王战身上，战战兢兢地问：“你们——你们是共产党员吧？李锐家的事——我真的不知道啊。”

王战点点头：“你不知道？好吧，我问问他。”

王战走到刁克手下面前，见他脸色青紫，一动不动，便蹲下摸摸他的颈动脉，又探探鼻息，起身踹了他一脚，转身对练刚说：“死了。”

练刚假装生气，向在场的“啄木鸟小组”成员大声抱怨："你们下手怎么没轻没重的？我本打算让他们交代清楚就送回去，现在还怎么送？"他指指刁克，"既然他什么都不知道，也不能让他把我们不小心弄死人的事情说出去。他还说我们是共产党员！"他转身打量身边两个"啄木鸟小组"成员，"共产党收你们这样的人吗？"

一个"啄木鸟小组"成员哈哈大笑，指着刁克说："他瞅谁都像共产党员，这是病啊，得找个老中医好好给他把把脉。"

"没救了，掐死得了，扔到江里喂鱼吧。"练刚云淡风轻地说，"白忙活一晚上了。看来李锐欠我们的药款，找不到债主喽！"

刁克一直认真听练刚等人的对话，以此判断面前的人应该不是共产党员。于是，他试探着问："你们想找李锐要药款？"

王战立即抽了刁克两个耳光，厉声喝道："我让你说话了吗？"

王战的做派，让刁克确认面前的人，就是黑帮职业讨债的。

练刚走到刁克面前蹲下，托起刁克的下巴："我们受人委托，找李锐讨要当年的药款，可惜李锐死了，我们找杀死李锐的人要钱，应该合情合理吧？"

"合理，合理！"刁克连连点头。

王战对刁克说：“我们不会平白无故地把你抓来。既然你什么都不知道，我们就当作你什么都不知道。”他起身对两个“啄木鸟小组”成员说，“把他装进麻袋，拽出去用大锤砸烂，扔到江里喂鱼。”

平时狐假虎威的刁克，失去军统重庆站行动队副队长的权力，面对简单粗暴的人却无计可施。听说他们还要把他装进麻袋用大锤砸烂喂鱼，吓得他魂飞魄散，“扑通”一声跪在地上，哀求道：“我知道，我什么都知道！李锐欠你们的钱，我还，加倍还！”

王战又抽了刁克两个耳光：“知道还他妈的撒谎！赶紧说！”

刁克把郑家富勾结钱永，购买过期盘尼西林，从中提成的事情，详细地说了一遍。在这个过程中，郑家富在后面发号施令，他在面前办具体事情，所以对此事一清二楚。事情败露后，上级委派罗伟调查此事，李锐便追问郑家富。郑家富担心事情败露，便带领他投靠军统重庆站，告发李锐是共产党员。

毛仁奉命人押着他和郑家富来到李锐家。郑家富骗李锐打开房门，其他军统特务进入房间后，他和郑家富往房间里扔了两颗手雷，又把没炸死的李锐夫妇、军统特务全部枪杀。

他们逃回军统重庆站后，向毛仁奉谎称李锐夫妇拒捕，玩命抵抗，并拉响手雷自杀。毛仁奉派人到李锐家调查，可惜什么线索都没有发现。

练刚问道：“郑家富在哪里？”

刁克说：“郑家富自知罪孽深重，共产党不会放过他，他就贿赂毛仁奉，申请做内勤，毛仁奉就命他做总务处副处长。他从不出外勤，平时就猫在军统重庆站大院内。”

王战喝问：“他一直猫在军统重庆站大院内？”

刁克想了想：“也不是。他不定期地去打铜街情人家里。”

王战抽了刁克一记耳光：“还他妈的等我往下问啊？”

刁克说：“我没去过，真不知道郑家富情人家的门牌号。”

李秀突然扯下盖在脸上的破草帽，起身走到刁克面前：“刁克，你还认识我吗？”

刁克仔细打量李秀：“你是——李秀？”

李秀没有说话，蹲在刁克身边，右手托住他的下巴，左手扳着他的脑袋，伴随轻微的“咔嚓”声，他的脑袋便耷拉下来，身体栽倒在地。

李秀掏出手绢擦擦手，对练刚、王战抱拳拱手：“谢谢你们鼎力相助，帮我查明我父母遇害真相。大恩不言谢，以后事儿上见！”她说完转身就走。

练刚立即上前拦住李秀：“你是不是去找郑家

富？”

李秀面无表情地说：“郑家富不是欠你们药款嘛，我问问他什么时候偿还。”

“郑家富非常狡猾，而且还认识你，你只身前去找他，非常危险。我告诉你吧，我们是中共重庆地下组织锄奸队成员，铲除郑家富这种败类，是我们职责所在。我希望我们一起合作，既要保全自己，又要除掉郑家富。”

李秀想了想，点点头。

国泰歌舞厅营业前，婵娟和吴兰在化妆间化妆。

吴兰边化妆边问婵娟：“娟姐，你想赚钱吗？”

婵娟看了看吴兰，不假思索地说：“我不想赚钱能待在这种鬼地方吗？可惜啊，我们唱歌陪酒卖笑，也没攒下几个子儿！”

吴兰说：“我们在这里，就是变相要饭而已。娟姐，你看看你，还是大学生呢，既没有几件好衣服，房子也是租的。找个对象吧，还是穷教书匠，一个月也挣不了几个子儿——”

“你别胡说啊，我和练刚只是普通朋友。”婵娟瞥了吴兰几眼，心想，“这几月来，她的变化非常大，花钱如流水一般，但也没见她和哪个有钱人来往，她在做什么呢？”

她想到这里，笑着说：“兰儿，你要是有轻松赚钱的好门道，千万别忘记姐姐啊。”

吴兰想了想说：“我认识政府里的一个朋友，政府现在正在招聘长得漂亮又有文化的女大学生，这个条件简直就是为你量身定制一般。我的朋友说了，只要符合他们的条件，就给一百块银圆安家费。”

婵娟看看左右，低声问道：“你是不是也领到那笔安家费了？”

吴兰点点头。

“怪不得你穿得这么好，都挑活儿干。他们让你做什么工作？”

吴兰说：“我的工作，其实也没啥难度，就是利用我现有的工作条件，接触经常到我们这里喝酒娱乐的达官显贵、政府要员，记录他们聊什么、做什么。如果有一条政府认为可用，就会给我一笔钱。”

“什么单位，怎么有这么轻松赚大钱的活儿？”婵娟佯装难以置信。

吴兰起身走到门口，向左右看了看，轻轻地关上门，走到婵娟身边悄声说：“军统重庆站。娟姐，他们的权力非常大。只要有人欺负我们，他们就会派人为我们报仇。像我们这种人，必须给自己找个靠山。”

婵娟满脸惊讶的表情：“军统？不是整天杀人的

特务嘛，我可不敢为他们做事情。兰儿，你离他们远点儿吧，不然那些钱，你有命赚，没命花！”

吴兰沉下脸：“娟姐，我拿你当亲姐妹，才跟你说这些的，我希望你认真考虑一下。如果你不愿意，就当我什么都没说。如果你把这件事说出去——”她做了一个抹脖子动作，“他们确实是吃人不吐骨头的。”

她们继续化妆，都不再说话。

第二天，吴兰找到唐勇，把她和婵娟的对话，一字不差地描述一遍。

唐勇听罢，沉思一会儿，冲吴兰摆摆手，示意她离开。

吴兰不知道唐勇在想什么，也不敢多问，转身往外走。

“回来！”唐勇发出沉闷的声音。

吴兰走到唐勇面前站好，双手不知道放在什么地方合适。

“既然婵娟知道了你的底细，那么，她除了加入我们别无选择。你转告她，如果她不答应，她的干妈，可能发生她无法想象的意外。”

练刚等人在茶馆后面的山洞里商量如何猎杀郑家富。

现在的难点是，这些人除了李秀，没有人认识郑家富。郑家富或躲在军统重庆站大院里不出来，或不定期化装出来，他们几乎根本无法捕捉。

李秀对众人作了一个罗圈揖："我与诸位素不相识，诸位却为我冒着生命危险，弄清了我父母被害的真相，并且为我抓住一个仇人。至于那个郑家富，我自己能对付得了，就不麻烦诸位了。"

练刚对李秀说："刁克和郑家富都是我党的叛徒，并给我党重庆地下组织造成了严重的损失，抓捕他们，是我们职责所在，你就不用跟我们客套了。当务之急，是我们如何配合才能确保万无一失地做掉郑家富，对你父母、对前线那些深受其害的将士有一个交代。"

王战说："我可以到打铜街扫街，一家一家地查，一定能找到郑家富的情人。"

李秀摇摇头："守株待兔也不是办法，容我回去想想。"

练刚说："我们先去打铜街熟悉一下地形吧，然后再想办法。"

众人同意。

为了不引起打铜街居民注意，善于化装的老顾，把每个人都化装成普通市民的样子。化装后的他们，走在人群中，几乎没有人愿意多看他们一眼。

练刚和李秀化装成情侣；王战等三个"啄木鸟小组"成员化装成"棒棒"。

他们分两批来到打铜街。

练刚与李秀从陕西路往西走，王战等人由重庆轮船总公司往北走，寻找认为可疑的人。

打铜街是重庆最繁华的街区之一，几乎集中了中国所有银行总部，还有上百家铜器店，“叮叮当当”的打铜声不绝于耳。

两小时后，他们按照约定在新华路西侧的老槐树下会合。

练刚等人见面后，均表示毫无收获。

王战想出一个主意：“我们这样找郑家富，如同瞎猫碰死耗子，难度太大了。我有一个主意，把刁克的尸体运到这里，肯定有人报告警察。警察看到刁克的证件，必然会通知军统重庆站。刁克是郑家富的心腹，必然会前来。只要我们在暗中监视，肯定能锁定他。”

李秀率先表示同意：“刁克的三个手下，肯定在车祸中死亡了。刁克莫名失踪，军统重庆站的人必然会四处寻找刁克。在这里发现了刁克的尸体，我相信郑家富起码会有百分之五十的概率前来。”

再无他法的练刚，只好同意。他叮嘱王战，一定把刁克的尸体藏好，千万不能在中途暴露。

“你们放心吧！你们在那个茶楼等我们。”王战说完，带领三个“啄木鸟小组”成员离去。

练刚和李秀走进路边的茶楼，在靠窗的桌前坐下。

三小时后，用破草帽遮脸的王战，赶着一辆满载稻草的马车来到老槐树下，三个“啄木鸟小组”成员躺在稻草堆上，也用破草帽遮脸。

经过茶楼时，王战看见靠窗而坐的练刚和李秀，冲他们甩了三鞭。

练刚循着鞭声看到王战，冲王战点点头。

一捆稻草从马车上滚下来，三个“啄木鸟小组”似乎没有看见。王战猛抽马匹两鞭，马匹向前猛跑。

行人经过那捆稻草时，纷纷绕行，并没有给予过多关注。

一个清洁工骂骂咧咧地走到那捆稻草前，提捆稻草的草绳，没想到重量超出他的想象。他用力猛提，草绳断了，稻草散开，刁克的尸体露出来。

吓得清洁工一屁股坐在地上，拼命地号叫。

巡街的警察赶过来，看完从刁克口袋里掏出来的证件，立即跑进茶楼往警察局打电话汇报。

警察局局长得知刁克的尸体出现在自己的辖区，立即通知军统重庆站。

郑家富得知刁克的尸体出现在打铜街，思考几分钟后，便跟随侦缉处、行动队的人赶往打铜街。

警察已经在刁克尸体周围拉起警戒线。警戒线外，数十名群众围观。

身穿中山装的郑家富，夹在侦缉处、行动队的队伍中，不停地观察身边的一切。

李秀把手枪藏在坤包下面，寻机向郑家富射击。她捕捉到一个空当，冷静地向郑家富开了一枪。

郑家富中弹倒地。

围观的群众听到枪声，乱作一团，拼命地四下逃窜，把警察和军统重庆站的特务撞得东倒西歪。

李秀把手枪装入坤包，像受到惊吓的群众一样，哭喊着奔跑。

练刚紧紧跟在李秀身后，快速离开打铜街。

第八章
守株待狡兔

婵娟从吴兰那里得知，如果自己不加入军统重庆站，李贞就要被杀掉的消息，一时间慌了神，不知道如何是好。

婵娟的养父母葬身火海之后，李贞视婵娟为己出，像抚养亲闺女一样，让她吃最好的、穿最好的，还供她读大学。

婵娟暗暗发誓，她一定要好好努力赚钱、攒钱，给李贞提供更好的生活条件。

她万万没想到，李贞却要因为她的选择面临生命危险。

她知道，李贞是中共重庆地下组织成员，肯定不会让她成为军统特务。

六神无主的婵娟，来到孤儿院，把自己的遭遇全部告诉李贞。她没想到，李贞却支持她加入军统重庆站。

婵娟不解地问李贞："妈妈，军统重庆站的每个特务手上都沾满共产党员的鲜血。虽然我还不是共产党员，但希望我有一天能成为您和练刚那样的人，拯救天下像我这样的苦命人。您怎么能允许我成为我最讨厌的人呢？他们可是杀害爸爸、李秀父母的坏人啊，与您的仇人为伍，我做不到！”她说完，扑到李贞的怀里大哭。

李贞轻轻拍打婵娟的后背：“孩子，敌我斗争不是一加一等于二那么简单。只要我们知道自己是谁，为了谁，身份角色并不重要。我自入党那天起，就做好随时牺牲自己的准备。我让你这么做，就是让你利用军统的平台，为我党做出最大的贡献。这是难得的机会，你一定要把握住。”

婵娟止住哭声，坐直身子，怔怔地望着李贞。

这时，练刚和李秀走进来。

婵娟忍不住问李秀：“刁克——”

李秀拍拍婵娟的肩头：“非常感谢你。如果以后你有事，言语一声。”

练刚冲李贞重重地点点头，做出一个“OK”的手势。

待练刚和李秀坐下，李贞说：“你们来得正好，有一件重要的事情，你们看看应该怎么办。”接着，她把军统重庆站要求婵娟加入的事情，简要地讲述一遍。

练刚说：“这要看婵娟的意愿，毕竟敌我斗争是非常危险的。万一出现闪失——”

“我什么都不怕，就是不想与军统特务为伍！”婵娟掷地有声地说。

练刚看了看李秀。

李秀说：“婵娟，我就是军统重庆站的外线特务，但是我昨夜杀了刁克，今天杀了郑家富。我准备利用我的特殊身份，继承父母的遗志，杀更多日本特务和残害好人的军统特务。”

“你杀了刁克和郑家富？”婵娟瞪大眼睛。

“在你的配合下！”李秀补充道，“希望以后我们有更多的精彩合作。”

婵娟向吴兰表示，只要他们不伤害她干妈，她愿意为军统重庆站服务。

吴兰告诉婵娟，军统重庆站已经查清婵娟的家庭背景及她这些年的履历，他们会派人面试她。

至于什么人面试、在哪里面试，吴兰说她也不知道。

于是，婵娟每天都惴惴不安地等待那个人。

一周后的一天上午，婵娟很晚才起床，发现家里只有唐勇一个人。唐勇行踪不定，有时几天不回家，有时几天不出门，婵娟对此习以为常。

婵娟吃完早饭，想回房间继续睡觉，被唐勇拦住：“婵娟，我们好久没说话了，你过来陪我聊聊天。”

他指指对面的沙发，“坐！”

“唐大哥，你有事儿？”婵娟坐下问道。

唐勇从口袋里掏出一个证件，放在婵娟面前。婵娟扫了一眼，看皮制封套上有一行字：国民政府军事委员会调查统计局。她刚想拿起细看，却被唐勇收回去。

唐勇轻声说：“我就是吴兰对你说的人。”

“唐大哥，你是军统的人？”婵娟一脸惊讶，“你别跟我开这种玩笑，我胆小。我们在一起生活这么久了，李姐从来没有跟我说过。”

“她不知道的事情还有很多，包括你以后的身份。”唐勇的声音很小，但极具穿透力，“你加入军统，仅仅是担心我们伤害李贞？”

婵娟瞪大眼睛：“你怎么知道我干妈叫李贞？”

唐勇盯着婵娟的眼睛：“在重庆，就没有我不知道的人和事。请你回答我刚才的问题。”

婵娟佯装很难回答的样子：“这是我经过反复考虑之后做出的艰难决定。原因有三：一、干妈对我有养育之恩，我不想让她因为我受到伤害；二、舞厅驻唱歌手的卑贱身份，让我容易遭人欺负霸凌，我希望有靠山倚仗；三、吴兰说，我加入军统后，只是像往常那样接触达官显贵、军政要员，听他们说什么，然后汇报，就能得获得酬金。我想攒一笔钱，离开国泰歌舞厅，做点小生意。”

婵娟的回答，合情合理，符合正常生活逻辑。

唐勇对婵娟的回答不置可否，平静地问："世上没有一分钱是好赚的，军统的工作更是如此。如果你的行为，被那些达官显贵、军政要员发现，你知道是什么后果吗？"

"不是还有你们嘛，你们总不会见死不救吧？"婵娟佯装惊恐的样子。

唐勇突然哈哈大笑："哈哈，我们肯定不会袖手旁观。记住，你只是我的外线，只跟我单独联系，且只能是我找你，你不能找我。这是纪律，若有违反，军法处置。"

"我能穿军装吗？"婵娟佯装幼稚地问。

"想什么呢？你看我什么时候穿过军装！你现在的任务是，多与孙大金、金沙接触，最好能取得他们无限信任。"

婵娟不解地问："孙大金和金沙一直对我不错，尤其金沙，待我如亲姐妹一般。我和吴兰在经济上遇到难处，她都会毫不犹豫地借给我们钱，而且从来不主动讨要。当然，我们有钱就会及时还给她。"

"世上根本不存在无缘无故的好。他们对你好，是另有目的的。利用，都是相互的。你要充分利用好他们对你的需要。"唐勇说罢，起身从包里拿出二十块银圆放在茶几上，指着银圆说，"这是你的活动经费，你随便花，不需要报账。”

婵娟望着银圆，惊讶地说：“这么多！我什么都没做呢，就拿这么多钱，不合适吧？万一我完不成任务，是不是要把这笔钱退回去？”

唐勇摆摆手：“只要你用心做事，肯定会有收获的。不过，你努不努力，我会有判断的。还有，你我之间的秘密，不能让除了吴兰以外的人知道。”

婵娟从二十块银圆中拿出十块，推到唐勇面前：“唐大哥，这笔钱是你赏赐我的，我分你一半，你别嫌少，就当我孝敬你的。”

唐勇把银圆推到婵娟面前：“如果你真想孝敬我，那就好好干活儿，给我提供一些有价值的情报。”

他们又闲聊一会儿，唐勇接到一个电话出去了。

婵娟也赶往联大，向练刚汇报她与唐勇交谈的内容。

练刚听完婵娟的描述，叮嘱婵娟：“吴兰是军统的外线特务，你以后与她相处，一定要处处小心，尤其不能提及李贞、李秀、我和联大的同志。唐勇让你暗中调查孙大金和金沙，说明军统方面也发现孙大金、金沙是日本特务。唐勇、孙大金、金沙都是接受过特种训练的人精，你与他们相处，必须百倍小心。因为他们能从你的一句话、一个动作，判断出你的真实意图。”

婵娟点点头：“练刚，我与唐勇在一起生活一年多了，从未发现他是军统特务。我觉得他太可怕了。

我需要深入了解他，你能帮我吗？”

练刚说：“丁广福是老重庆，号称‘重庆通’。他和很多袍哥会的人关系不错，让他问问袍哥会的人。”

他们正在聊天，练刚突然搂住婵娟的肩膀，低声说：“我们亲密点儿，别回头，后面有人盯着我们。”

化学系助教王敏，鬼鬼祟祟地出现在他们背后的一棵大树下，探头探脑地窥视练刚和婵娟。

婵娟从坤包里掏出镜子，指着出现在镜子中的王敏：“谁？”

“化学系助教王敏，他来这里干什么？”练刚压低嗓门，“我们往校门口走，看看他接下来做什么。”

练刚和婵娟像情侣一样，挽着手走向校门口。

王敏蹑手蹑脚地紧紧跟随。

自从吴兰执行盗窃钟万仇手里高炮阵地布防图的任务后，孙大金就认为吴兰胸大无脑，辨识能力太差，听话但不好用，就决定要把大学生婵娟纳入麾下。

他一直督促金沙做婵娟的思想工作，但是金沙是他的上级，金沙怎么做，他也不好过问。

所以，吸纳婵娟的事情一直拖到现在。

目前，他要筹建日本特高课重庆特别行动队，需要各方面的人才，不得不把吸纳婵娟的工作再次提到日程上。

当然，他必须和金沙商议这件事。

金沙说："我之所以没有急于向婵娟摊牌，是因为我发现她和联大历史系助教练刚走得非常近。我想查清练刚的真实身份后，再吸纳婵娟。"

"你查清了吗？"孙大金问。

金沙说："我在联大安插了一个眼线，据他调查，练刚很少参加学生运动，也不关心政治，估计是满足当下生活的教书匠。"

孙大金说："上峰命令我们尽快组建日本特高课重庆特别行动队，配合皇军空军行动。我们不能再等了，必须补充新型人肉炸弹。这个婵娟，挺有个性的，我们怎么做才能彻底摆平她呢？"

金沙说："世上就不存在不爱钱的女人。如果有，那就是钱还不够多。"

孙大金说："能用钱解决的问题，就不是问题。今天晚上，你给婵娟把把脉，看看我们开什么药方合适。"

电话铃突然响了。

孙大金拿起电话手柄，"嗯嗯啊啊"几句后，便放下电话手柄，兴奋地说："机会来了。婵娟的干妈李贞住院了，可能需要做手术。"

"我去医院看看。"金沙起身离去。

金沙来到医院，并没有去病房探视，而是来到内科医生办公室。

内科医生办公室内，只有医生胡风值班。

金沙晃动纤细如握的腰肢、浑圆的臀部走到胡风办公桌前，嗲声嗲气问：“医生您好！请问，李贞在哪个病房？”

胡风上下打量金沙：“你是李贞什么人？”

“我是李贞女儿的朋友，听说李贞病了，就过来探视，却忘记李贞在哪个病房了。哦，我是国泰歌舞厅驻唱歌手金沙，欢迎您去那里做客。”金沙说完走到胡风背后，高挺的胸脯若即若离地接近胡风的肩膀。

“李贞啊，我的病人。”胡风拿起病程记录本翻看，“目前她还没有确诊呢，估计病情很重，需要做手术。待她缴纳治疗费后，我们才能给她做具体的诊断。”说话间，胡风故意往后靠了靠，让肩部自然地接触金沙的胸部。

金沙好像更关注李贞的病情，没有在意胡风恶意蹭吃豆腐的行为：“您估计，治好这种病，要花多少钱？”

“保守估计也得八十块银圆。唉，这是倾家荡产的病啊，小门小户根本治不起。她女儿已经跟我聊过了，貌似拿不出这笔钱。我当时还劝她女儿，她年纪不小了，实在不行就放弃吧。没想到，她女儿还把我埋怨一顿！”胡风说到这里，满脸不高兴，把病程记录本往办公桌上一摔，“我才不怕病人花钱呢！”他扭头对金沙说，“出门右转，最里面的312病房，你去看看病人吧，她女儿应该在呢。”

金沙来到312病房门前，透过门上的玻璃，看见婵娟愁眉苦脸地坐在病床前的凳子上，默默地流眼泪。李贞躺在病床上，紧紧地闭着眼睛。

金沙蹑手蹑脚地走进病房，站在婵娟身后。

婵娟竟然一点反应都没有。

金沙轻轻地拍了拍婵娟的肩膀。婵娟扭头看到金沙，眼泪流得更猛了，起身扑到金沙怀里，不停地抽噎。

“我们到外面说话。”金沙挽着婵娟的手，向门口走去。

她们坐在医院院内的长椅上。金沙问：“伯母到底是什么病，怎么这么突然？”

婵娟说：“她今天早上突然昏倒，保育员李秀和杰瑞克牧师把她送到医院。我接到李秀的电话通知就向孙总请假，赶到医院后她依旧昏迷不醒。医生让我交一百块银圆押金才能救治。我——我到哪里弄来一百块银圆啊！”

金沙盯着婵娟的眼睛：“娟妹，有一句话，我说出来可能不好听。李贞把你抚养大，你确实应该为她养老送终。但是，这些年你待她也不薄，一年三节一寿，你一次也没落下，平时各种水果、糕点不断。现在她得了重病，起码需要一百块银圆救治，还未必能治好她的病。一旦人财两空，你怎么办？”

婵娟拼命地摇头：“不，医生一定能治好干妈的病。没有她，就没有我，无论付出什么代价，我都要试一试。金姐，你认识借高利贷的人吗？多少利息我都借！”

“利滚利的高利贷，你一辈子都还不起的！”金沙大声喊道。

婵娟好像失去理智，跺着脚吼道：“我不管，我就是豁出命也要救治干妈，不然我会内疚一辈子的。金姐，我们是好姐妹，无论如何你都要帮帮我。”说罢，她跪下给金沙磕头。

金沙连忙扶起婵娟：“娟妹，你这是干什么！我们亲如姐妹，我怎么会看你的笑话呢？我还真被你的孝心感动了，唉，怎么办呢？”

金沙长叹一口气，咬咬牙说：“有一个办法，可以一下子筹到一百块银圆，就怕你不愿意干。”

“我干，我什么都干！”婵娟摇动金沙的肩膀，“你快说！”

金沙沉思几秒钟：“孙总为了笼络国民政府的权贵，准备成立一个组织。这个组织的宗旨就是拉拢、腐蚀、收买国民政府的军政要员，从他们口中获得第一手情报，从中获得巨额利益。如果你同意加入这个组织，我去做孙总的工作，并给你预支半年的薪水一百块银圆。”

“半年的薪水就有一百块银圆？”婵娟瞪大眼睛，“真的假的？”

金沙点点头：“真的。不过，你也了解那些国民政府的军政要员，既贪婪又好色，不太好对付，和他们接触，有一定的风险。”

婵娟急切地说：“只要能救治干妈，我愿意为孙总卖命。金姐，你带我去见孙总，我当着他的面发誓，给他磕头！”

“事情紧急，我马上去办这件事。你在这里照顾伯母，我最迟两小时后回来。”金沙起身，重重地拍了拍婵娟的肩头，驾车离去。

唐勇从暗处走出来，瞥了一眼驶出大门的轿车，来到婵娟面前：“婵娟小姐，没想到你的演技这么好！你不去拍电影，实在太可惜了。”

婵娟微微一笑：“主要是唐处长导演得好，我不过是按照你的剧本表演而已。我真没想到，你竟然能让医院里的人配合我！”

“重庆的任何机关单位，都会服从我们的调动。”唐勇抓住婵娟娇嫩的手，狠狠地握了又握，“一百块银圆，我们五五分成！合作愉快！”

两小时后，金沙返回医院，把一百块银圆交到账房，把收据交给婵娟。

婵娟看着收据，一副难以置信的表情，拉着金沙走到病房外："孙总答应了？"

"他不答应，我去哪里弄到这么多钱？不过，孙总马上要见你。"

"我向胡医生交代几句话，你在楼下等我。"婵娟立即跑向内科医生办公室。

五分钟后，金沙驾车载着婵娟离开医院，在无人的地方停下车，来到后排座，从包里掏出一个头套和一个手铐，对婵娟说："这是孙总交代的，怎么办？"

婵娟二话不说，自己戴上头套，把双手伸到金沙面前。

金沙熟练地给婵娟戴上手铐，让婵娟躺下。

金沙驾车在重庆市区绕了半个多小时，最后来到一个石屋内，搀扶着婵娟走进地下室，才给婵娟打开手铐，摘下头套。

婵娟适应室内的灯光后，才看到孙大金坐在交椅上，目不转睛地盯着她。

她紧走几步，跪在孙大金面前，一边磕头一边说："孙总，谢谢你！"

孙大金扶起婵娟："婵娟，以后我们就是战友了，你不必客气。你的孝心，感动了苍天，也感动了我。孝顺的人不会差，我才破例让金沙把你带到这里。你记住，只要来到这里的人，就没有反悔的机会了。只要你活着，就必须服从我的调动，哪怕是上刀山下火海！”

“我不后悔，我无条件服从孙总差遣！”婵娟一字一顿地说。

“好，好！下面我们要履行一个程序！”孙大金从包里掏出一张纸，上面全是日文。

婵娟看了看那张纸：“孙总，这上面写的什么，我不认识啊。”

“你不需要知道上面写的什么。”孙大金把钢笔和印泥递给婵娟，指着那张纸下面一个位置说，“在这里签上你的名字，按下你的手印即可。”

婵娟顺从地签名、按手印。

孙大金命令婵娟在他面前站好，大声说道：“你的代号‘紫鼠’，你的上线是金沙，以后你必须无条件服从金沙差遣。”

“是！”

金沙走进来。婵娟转身走到金沙面前，大声说道：“‘紫鼠’向你报到，请指示！”

金沙微微一笑：“我们还是以前的好姐妹，还要相互关照。”她说完冲孙大金点点头，把婵娟带出去。

婵娟依旧戴着手铐、头套离开神秘的石屋。

当金沙给婵娟打开手铐、摘下头套时，她们已经来到距离国泰歌舞厅一公里的地方。

婵娟问："金姐，刚才孙总让我签署的东西是什么？上面的文字，我怎么都不认识？"

"你的卖身契。"金沙冷冷地说，"如果你敢耍心眼儿，我只要把它交给国民政府某些部门，他们就会诛杀你九族，不信你可以试一试。"

"我感激你们还来不及呢，怎么可能跟你们耍心眼儿呢！"

金沙转移话题："你目前的任务是，主动接触来到国泰歌舞厅的那些军官、政要和他们的太太，并和他们的太太搞好关系。你想办法去那些太太家里，与她们打麻将。"

"和她们打麻将？万一我输了怎么办？"婵娟担心地问。

"你与她们打麻将，只许输，不许赢，她们才愿意主动找你打麻将。至于赌资嘛，可以在国泰歌舞厅账房支取。那些猪一样的女人，会在打麻将时，有意无意地说些什么。你要把她们说的话一字不落地记下来，如实向我汇报。"

"我记住了！"

第九章
疏离型人格

婵娟告诉练刚，那天跟踪他们的王敏，与金沙来往非常密切。

金沙是日本特务，王敏与她来往密切，他是不是汉奸呢？

王敏是联大化学系助教，朱校长是中共重庆地下组织联大党支部负责人，联大有一些师生是共产党员，与王敏或多或少都有直接或者间接的接触。如果王敏是汉奸，就等于日本特务在联大埋设一颗定时炸弹。

千防万防，家贼难防，必须查清王敏的真实身份。

早上，练刚来到朱校长打太极拳的莲花湖畔。

湖水清澈见底，小鱼成群结队地慢慢游动；些许碧绿的睡莲，铺在湖面上，为小鱼遮挡晨光。

一头花白短发的朱校长，身穿白色练功服，脚穿白底黑帮布鞋，全神贯注地打太极拳。

练刚远远望着，没有过去打扰朱校长。

朱校长打完一套陈氏太极拳，收势站好，然后向练刚招手。

他们并肩坐在湖边的长椅上。

练刚把那天王敏跟踪他与婵娟、婵娟发现王敏与金沙关系密切的事情，向朱校长做了详细汇报。

练刚说："我和王敏虽然接触不多，但对他也有一些了解。他喜欢欧美文化，向往西方国家的生活。但是，他父母死于南京屠城，他应该憎恨日本人。他频繁和金沙接触，是不是不知道金沙是日本特务？"

朱校长摇摇头："人性变化莫测。乱世就是大染缸，一些意志力不坚定的人，肯定会被染烂的。王敏的身份必须查清楚，不能有任何疏忽。如果他是汉奸，或者为日本特务组织办事，将对我们的党组织构成巨大威胁。你召集联大所有党员，到松山坡防空洞开会。"

联大校园内有一个长满松树的山坡，俗称"松山坡"。自从日寇轰炸机轰炸重庆，朱校长带领全校师生在松山坡挖出一个小型防空洞，供离这里最近的教授公寓楼里的老教授使用。

晚上 11 点钟，大部分师生均已入睡，校园里静悄悄的。

朱校长、练刚等联大党支部党员依次进入松山坡防空洞，参加联大党支部紧急会议。

朱校长严肃地说："同志们，今天之所以召开紧急会议，是因为我们身边出现一个非常可疑的人。下面，请练刚同志汇报这个人的情况。”

练刚把王敏种种可疑的行径讲述一遍，所有人听罢都难以置信。在他们的印象中，王敏是热衷抗日的好青年，对国民政府、共产党没有一句怨言。这样的人，怎么可能叛国投敌呢？

朱校长说：“在敌我斗争呈现白热化的当下，我们不能心存任何侥幸。王敏虽然不是党员，但与在座各位均有接触。只要他为日本人做事，对联大、对我们党组织都会构成严重的威胁。我们必须把他的真实身份查清楚。练刚，说说你的方案。”

练刚说：“在座各位的任务是，注意观察王敏的一举一动，主要留意他去什么地方，与什么人接触，并且注意保护好自己。我的任务是，调查他与金沙到底是什么关系，他为金沙做什么。如果我掌握了他是汉奸的证据，就想办法处置他。”

朱校长同意练刚的方案，但又担心在甄别王敏身份的过程中出现失误：“王敏博学多才，是不可多得的人才。如果他因为可以原谅的原因误入歧途，我们必须尽力挽救他。”

练刚冲朱校长点点头后，挥手示意散会。

疏离性人格的王敏，与身边的人格格不入。

疏离性人格的人，不会因为没有人陪伴感觉寂寞，但会因为没有知己感到孤独。

在联大，他因为崇尚欧美文化、向往西方国家的自由，常常遭到老教授们鄙视；在学生眼中，他是可以忽略不计的助教，漂亮的女学生都不愿意多看他一眼。

孤独的他，在国泰歌舞厅的舞女那里，找到了排解孤独的渠道。

无论他说什么，那些舞女都会认真聆听，还不断地向他请教，满眼都是崇拜之情；他让那些舞女做什么，那些舞女向来都是无条件服从，而且把每个细节做得让他感动。

他在舞女那里找到了男人的尊严、男人的存在感。

这种感觉，像鸦片一样，让他欲罢不能，以致他把所赚的薪水全部花在国泰歌舞厅也心甘情愿。

王敏第一次去国泰歌舞厅，是一个周末的晚上。他在国泰歌舞厅门口足足徘徊了两小时，才鼓起勇气走进去，在一个无人关注的角落里坐下，点了一杯最便宜的汽水。

舞女优美的舞姿，驻唱歌手美妙的歌声，侍应生彬彬有礼的服务态度，让他忘记了以前所有的不愉快。

年轻漂亮的金沙在他对面坐下，目不转睛地盯着他。

他虽然喜欢美女，但是，如此年轻漂亮的美女这样盯着他，让他感到非常不自在，急忙低头喝汽水，怎奈汽水瓶里已经空空如也。

尴尬，难以言表的尴尬。

金沙冲侍应生打了一个响指，侍应生立即端来两杯红酒。

金沙把一杯红酒推到王敏面前："先生，我请你喝一杯酒，你不会介意吧？"

王敏羞涩地说："哪有女人请男人喝酒的？我请你吧！"他扭头对侍应生说，"这两杯酒算我的。"

"谢谢！为我们相识干杯！"金沙妩媚一笑，举起酒杯轻轻晃动，轻轻地抿了一口。

王敏学着金沙的样子，轻轻晃动几下酒杯后，放在鼻孔下嗅了嗅，然后喝了一小口。

金沙问："先生贵姓，在哪里高就？"

王敏说："免贵姓王，名敏，联大化学系助教。"

"啊？你是教大学生的？"金沙惊诧地望着王敏，"你太了不起了！"她低下头，摇摇头，低声说，"我叫金沙，祖居南京。我父母希望我能考上大学，将来在大学任教。可惜我高小毕业那年，南京城破，父母和兄弟姐妹都被日寇杀害了，我躲在死人堆里才逃过一劫，然后流浪到重庆——"她说完悄悄地抹眼泪。

王敏心疼地望着金沙："我也是南京人，我父母也被日寇的飞机炸死了。我们不仅是老乡，还是同命人啊！”

金沙摇摇头：“我们不同命！你是受人尊重的大学教师，我是万人鄙夷的歌女。我们中间差着好几个社会阶层呢。”

王敏掷地有声地说：“世界上，只有最卑鄙的人，没有最卑鄙的职业。我觉得歌女比那些道貌岸然、口是心非的人强多了，起码歌女能做到真实！”

“为了真实，干杯！”金沙举起酒杯，一饮而尽。

“侍应生，再开一瓶酒！”感觉遇到知己的王敏，冲侍应生晃动酒杯。

侍应生很快就端来一瓶红酒，给金沙和王敏各倒一杯。

他们一边喝酒，一边聊着与彼此无关的话题，都有相见恨晚的感觉。

酒酣耳热之际，金沙提议去跳舞。王敏乐不可支地挽着金沙走进舞池。

王敏在联大学过交谊舞，但是跳得不熟练。如此近距离地接触让他心动的金沙，致使他心跳加速，肌肉僵硬，所有动作都不协调。

金沙很自然地贴近王敏，带着王敏慢慢舞动。

曲终，金沙冲王敏微微一笑：“你有舞蹈天赋，如果多加练习，肯定是这里的舞王！走，为了未来的舞王，我们喝一杯！”她主动挽起王敏的手。

热情、主动、善解人意的金沙，让王敏忘记了一切，沉浸在突如其来的艳遇中。

那天，他们喝了两瓶红酒，聊到舞厅打烊。

侍应生拿来账单，要醉醺醺的王敏结账。王敏看了一眼账单，顿时清醒了一半。账单上的数字，几乎是他一年的薪水。他摸遍全身，也没有凑够账单上数字的零头。

金沙从坤包里拿出一沓法币交给侍应生："不用找了！"

王敏羞愧难当，恨不得找个地缝钻进去。

云淡风轻的金沙，像热恋中的情侣一样，挽着王敏来到门口。不料，王敏却连连呕吐，踉踉跄跄地无法走路。

接下来发生的事情，王敏实在记不清了。

王敏清醒时，发现他赤身裸体地躺在酒店的床上。他的衣裤，貌似被洗过，挂在阳台的衣架上。金沙坐在床边的椅子上，上身俯在床沿上。

惊恐的王敏狠狠地摇摇头，拼命地回想昨晚发生的事情，可惜他只能想起自己买不起单之前的事情，以后的事情都想不起来了，恨得他不停地抽自己的嘴巴。

金沙醒了，瞪着惺忪的眼睛，直瞪瞪地看着王敏："你——你怎么了？"

王敏指指阳台衣架上的衣服："我——你——

我——”

金沙微微一笑：“昨天你吐了，吐得满身都是，也走不了路。我实在没办法，就求侍应生把你送到酒店。进入房间后，你又哭又闹，我只能陪着你。你折腾了两个小时才睡，我不得不帮你脱下衣服洗净。”

“对不起，对不起！初次见面，我就给你带来这么大的麻烦。昨天本来是我请客，结果——唉——我——我以后做牛做马报答你。”

金沙说：“你不要这么说。我所做的一切，都是我主动且愿意的。原因只有一个——缘分。只要你不嫌弃我文化水平低，社会身份卑微，我——”她说完，轻轻地抽噎。

“你是世界上最善解人意的女人。我只是穷教书匠，要钱没钱，要地位没地位。我们第一次见面，你就如此真诚待我，我此生要是负你真心，天打雷劈，不得好死！”王敏大声发誓。

金沙立即起身捂住王敏的嘴，高挺的胸脯不经意间抵在王敏胸前。她盯着王敏的眼睛说：“我们都是苦命孩子，能活着就已经是上天的眷顾。你能经常出现在我面前，陪我说说话，哪怕话题与你我无关，我就非常满足了。”

王敏不假思索地说：“好，好！只要我有时间，就过来陪你！”

金沙立即补充道："你没有必要去国泰歌舞厅见我，那里花销太大了。我白天有大把的闲暇时间，你可以随时来找我。"

金沙的善解人意，让王敏既感动又感激。

从那以后，王敏经常与金沙约会。

在与金沙的交往中，王敏感觉自己找到了生命中的另一半。一天见不到金沙，他就感觉心里空落落的，总觉得缺点儿什么；与金沙在一起时，他感觉时间过得飞快，几个小时转瞬即逝；尽管金沙从来不要求他做什么，但他总想为金沙做些什么，因为无论为金沙做什么，他都能获得无与伦比的快乐。

有一天，金沙告诉王敏，她的朋友钱永开了一家照相馆，可以去那里看看。

王敏当然爽快答应。

在照相馆里，钱永热情地接待了他们，并教他们如何使用照相机。临走前，钱永见金沙非常喜欢照相，就送给她一台照相机。

金沙收下照相机，对王敏说，她非常喜欢重庆这座城市，但是不知道哪一天不得不离开。她唯一的希望就是拍下重庆的山山水水，以便日后追思。可惜她文化底子薄，构图水平低，拍出的照片不好看。

王敏自然愿意满足金沙这个愿望。他答应金沙，只要他有时间，就出去拍照片。

金沙告诉王敏，钱永开办这家照相馆时，从她手里借了一笔钱。钱永提出还钱时，她建议，钱永为她购买胶卷相抵，钱永爽快答应。王敏拍照需要胶卷，可以到钱永那里领取。

从那以后，王敏为金沙拍了很多照片，其中包括国民政府重要部门所在地、国民政府军队驻地。

每次他拍到效果比较好的照片，钱永就会慷慨地给予他奖励，然后把那些照片冲洗出来，摆在橱窗里展示。

当然，能展示的都是风景照片。金沙看到那些照片，高兴得手舞足蹈，称赞王敏在摄影方面有天赋，将来肯定能成为世界知名的摄影大师。

受到物质和精神双重奖励，王敏拍摄的积极性更高了。

这些天，王战和练刚轮流跟踪王敏，发现王敏的行为非常诡异。

婵娟唱完两首歌，回到后台，有人通知她，半个小时后去见孙大金。

婵娟却立即来到孙大金办公室门口。她轻轻敲了敲虚掩的门，里面无人回应。

她向左右看了看，把门推开一扎宽的缝隙，可以清晰看到孙大金的办公桌，但是办公桌后面没有人。她把头探进去，发现整个办公室里竟然空无一人。

她轻轻地把门拉到原来的位置，站在门口等候。

二十分钟后，办公室里突然传出脚步声，把婵娟吓了一跳。这段时间内，她一直守在门口，根本没有人进入，里面怎么会出现脚步声呢？她壮着胆子，敲了敲门。

“进！”孙大金的声音传出来。

婵娟慢慢地推开门，看到孙大金端坐在办公室后面的老板椅上，低头看文件。

“孙总，您找我？”婵娟走到办公桌前，偷偷地观察孙大金。

“坐！”孙大金指指办公桌前的椅子，“我长话短说。平江机械厂的老板娘陈太太，是我们的老顾客。听说她生病住院了，明天上午我们一起去探视。”

“好的。需要我买什么东西吗？”婵娟问。

“礼品我都准备好了。男女有别，在医院我不方便询问陈太太的病情，你代我好好慰问她，一定让她感到我们的热心和爱心。”

婵娟爽快地答应：“好的，下班后我就做准备。”

国泰歌舞厅打烊后，练刚接婵娟回家。在路上，婵娟把孙大金办公室出现的诡异一幕讲述一遍。

练刚猜测，孙大金的办公室内，可能有密室。

婵娟建议：“明天上午我和孙大金去医院探望陈太太，你可以潜入孙大金的办公室看看。如果真有密室，里面可能隐藏着不可告人的秘密。”

练刚说：“我不能擅自行动，需要请示上级。”他突然转移话题，“你和陈太太熟悉吗？”

“有钱又有闲的陈太太经常到国泰歌舞厅打发时间。她心情好的时候，就大方地打赏我，一来二去我们就熟悉了，她经常约我打麻将。每次我和她打麻将，金沙都叮嘱我，只许输不许赢，所以她特别喜欢我这个散财童子。唉，她只是一个破工厂的老板娘，不知道孙大金和金沙为什么这么重视她，明天还要我去医院探视她呢！”

练刚说：“孙大金和金沙都是无利不起早的特务，他们做什么事情，目的性非常强。明天你小心行事，注意观察，发现异常情况及时向我汇报。”

练刚把婵娟送到棉花街后，没有回联大，而是去了孤儿院。

第二天，孙大金驾车，载着打扮得非常精致的婵娟，带着鲜花和礼品，来到陈太太的病房。

陈厂长、保姆都在病房里。

陈厂长见到孙大金，热情地拥抱、寒暄。在拥抱时，孙大金把陈厂长口袋里的钥匙悄悄掏出来，装进自己的口袋。

保姆接过婵娟手里的鲜花和礼品，放在床头柜上。

孙大金好像突然想起什么似的，狠拍脑袋，对陈厂长说：“陈厂长，不好意思，我中午约了一个人，忘记告诉他在哪里见面了。我出去打个电话，马上就回来。”他转身叮嘱婵娟，“婵娟，你好好陪陪两位财神爷，我一会儿就回来。”

孙大金走到医院门口，钻进一辆轿车内，把一串钥匙交给金沙。

金沙拿出特制胶泥，把钥匙逐一按在特制胶泥上。特制胶泥上留下每把钥匙的痕迹。

孙大金下车后，走进医院门口的公用电话亭，摘下电话手柄假装打电话。

十分钟后，孙大金回到病房，见婵娟与陈太太聊得正欢，就挨着陈厂长坐下，悄悄地把那串钥匙放在陈厂长的屁股下面。

陈厂长挪动屁股，被钥匙硌了一下，扭头发现钥匙，没有多想，就把钥匙装进口袋。

孙大金见陈厂长没有起疑心，找到合适的话题，加入聊天中。

金沙驾车快速来到钱永的照相馆，把特制胶泥交给钱永。

钱永在很短的时间内配好所有钥匙。

金沙和钱永驾车来到陈厂长家。钱永负责在院门口放风，金沙顺利地打开院门、房门，进入陈厂长的书房。

她翻遍书房里所有地方，最后在书架上发现几封信，信中内容都与前线部队有关。

金沙拿出微型相机，把几封信的内容逐一拍下来。

守在国泰歌舞厅门口的练刚和李秀，见孙大金驾车载着婵娟离去，就绕到国泰歌舞厅后面，翻过院墙，来到楼下。

李秀对国泰歌舞厅的所有通道已经了然于胸，且有军统重庆站特务马四做内应，他们进入国泰歌舞厅就是非常容易的事情了。

清晨，马四乘人不备，打开一楼贮藏室后窗插销。

练刚与李秀推开贮藏室的后窗，潜入一楼内。

留在国泰歌舞厅的员工，因为睡得晚，现在还没有起床。练刚和李秀几乎没有遇到阻碍，轻松来到孙大金办公室门前。

李秀望风，练刚掏出几把钥匙，准备逐一试验，没想到第一把钥匙就打开门锁。

这些钥匙，是婵娟利用金沙对她放下戒备，在宿舍用特制印泥压好模型后配置的。

推开门的瞬间，练刚看到一块可以忽略不计的纸屑落到地上。他捡起纸屑，放在门后，才和李秀闪身进入，快速关上门。

宽大办公桌后面的书架引起他们注意。

他们看了几遍书架，记住每本书的摆放形态后，一本一本地往下拿。练刚在最下面一栏中，发现一个小型摇把。

练刚尝试摇动摇把，书架便缓缓向左移动，露出一道暗门。他反复检查暗门后，才轻轻推开暗门，发现里面是一间暗室。

密室内有一张双人床，床上堆着被子和枕头，床头叠放着男人睡衣和女人内衣，看样子孙大金经常在这里与女人偷情。

练刚从床下拽出一个木箱，打开一看，里面有二十把南部十四式半自动手枪、三十盒子弹、二十颗九七式手雷，还有两把九七式狙击步枪。

“全是正宗的日本货，都是我们需要的好玩意儿，可惜我们现在还不能动。看来孙大金是日本特务无疑。”练刚一边自言自语，一边恋恋不舍地把木箱复位。

李秀蹲在一个巨大的保险柜前发愣。她扫视屋内几周，然后起身逐一搜查办公桌的抽屉，也没有找到保险柜的钥匙。

“他会不会把钥匙带在身上？”练刚问。

“女人的直觉告诉我，保险柜的钥匙就在这个密室内。”她盯着练刚，“如果你把保险柜的钥匙藏在这里，会藏到什么地方？”

练刚说：“肯定藏在抽屉的内盒里。”

李秀再次检查抽屉，里面没有内盒。

练刚伸手打开办公桌上的台灯，看看头顶的电灯，自言自语：“这个房间是密闭的，根本没有必要装台灯啊。”

一道模糊的黑影出现在台灯罩上。

李秀把手伸到台灯罩内，摸出一把钥匙。她把钥匙插进保险柜的锁孔，把耳朵贴在保险柜上，轻轻转动密码盘。

十分钟后，保险柜被李秀打开。

一个文件袋里，是一份日文名单，凭日文中的汉字分析，应该是暗杀名单，名单上的人，都是重庆军政商三界名流。

一个文件袋里，是重庆市区各种地图，有些位置画着红 ×。练刚大致想了一下，这些地方都被日寇轰炸机轰炸过。

一个文件袋里，是一份中文文件，文件名为《日本特高课重庆特别行动队筹建企划书》。练刚扫了几眼，大概意思是，特高课重庆秘密行动站组建特别行动队，其中包括虎、蛇、鼠、蛇四个行动组，旨在破坏重庆军工企业、腐蚀国民政府军政要员、搜集各种重要情报，等等。

练刚感觉这是非常重要的文件，就对该文件逐页拍摄。

李秀翻看了其他文件，拣重要的拍摄下来。

他们把动过的东西复位之后，迅速离开密室。

锁门时，练刚又把那块纸屑夹在门框与门的侧缝中。

守在楼梯口的马四，冲他们点点头，示意一切安全。李秀冲马四微微点头，带领练刚原路返回。

王敏一身戎装打扮，戴着墨镜，走出联大大门。

两个“啄木鸟小组”成员化装成地痞，与两个化装成黄包车车夫的“啄木鸟小组”成员在联大门口会合。

他们分头跟踪王敏。

王战驾驶租来的轿车，悄悄跟随王敏。

王敏先步行一段路，然后乘坐黄包车来到会仙桥，下车转了一圈，又换乘另一辆黄包车来到平江机械厂门口。

平江机械厂门口戒备森严，到处是荷枪实弹的军人。凡是进入厂区的人，都要接受严格的搜身检查。

王敏见无法混入厂区，就绕到厂区后面。厂区后面是一个陡峭的山坡。他顺坡而上，来到山坡最高处。

站在那里，可以俯瞰平江机械厂全貌。原材料库房、生产车间、成品车间、行政办公楼，都能看得一清二楚。

两辆车厢蒙着帆布的军用卡车，缓缓驶出成品车间。

王敏拿出照相机，调整好焦距，不停地拍摄。

身穿黑色短衣、头戴礼帽的王战和两个地痞打扮的“啄木鸟小组”成员突然出现在王敏身后。王战狠狠地拍了一下王敏的肩头，低声喝问：“哥们儿，照啥呢？”

这一声，这一下，把聚精会神拍摄的王敏吓了一跳，手里的照相机差点儿掉到地上。

王敏扭头打量流里流气的王战三人，立即掏出军官证，在三人面前晃了晃，厉声喝道：“我奉命执行军务，闲人退后，立即，马上！否则按军法处置！”

一个“啄木鸟小组”成员佯装害怕，瞪大眼睛问王战：“王哥，他是军官啊，不会有枪吧？”

王战伸长脖子看看王敏，扭头骂道：“现在的军官，比嘉陵江里的王八都多，怕个毬！这是老子的地盘，老子才是老大！”他问王敏，“你交保护费了吗？”

王敏见没有唬住王战，咽了几口唾液，壮着胆子喝道：“我再说一遍，老子奉命执行军务！你们再干扰我，我就枪毙你们！”

“我正活得不耐烦呢，你有本事就枪毙我！”王战往王敏身前凑了一步，“你他妈的是冒牌货，有枪吗？”

王敏还真没有枪。

一直没说话的“啄木鸟小组”成员冲过去抽了王敏两个嘴巴。

脸颊红肿的王敏，却满脸堆笑地掏出香烟递过去：“兄弟，抽烟，抽烟！”

王战三人毫不客气地接过烟，点燃深吸。

王敏见王战等人接过他敬的香烟，紧张的心情稍缓，转身指着山坡下面：“这里的景色太美了，我想给上海报社、杂志社拍几张照片，换点儿零花钱。如果兄弟们不嫌弃——”他从口袋里掏出几张法币，“兄弟们拿去喝顿酒！”

王战没有接法币，而是扯下挂在王敏脖子上的照相机：“这个洋玩意儿应该很值钱，能换一个月的酒钱，我收了！”

“别啊，这是兄弟的吃饭家伙，一家老小就靠它养活呢。三位大哥高抬贵手，放过我吧。”王敏说着上前抢照相机。

一个“啄木鸟小组”成员脱下上衣，蒙在王敏头上，用衣袖捆住王敏的脖子。

王敏挣扎几下，被另一个“啄木鸟小组”成员踹了两脚。

王敏顿时老实了。

王战和两个“啄木鸟小组”成员把王敏押下山坡，

塞到轿车的后备厢里。

王战驾车，在城区绕了几圈后，才来到老顾的茶馆，把王敏拖到茶馆后面的山洞里。

扯掉头上充满汗臭味儿的上衣后，王敏接连打了几个喷嚏，才意识到自己被带到黑乎乎的山洞里，心中暗想："肯定是遇到地痞流氓或者土匪了。无论如何，必须保住性命，不然自己就要与金沙阴阳两隔了。"

"你——到底是什么人？说实话！我提醒你，你只有一次机会！"王战把驳壳枪的保险打开，"我是真有枪的！"

王敏战战兢兢地说："三位好汉爷，我确实不是国军军官。我是联大化学系助教王敏。我之所以扮成军官，仅仅是为了出行方便。我说的都是实话，你们不信，可以去联大打听。"

王战凶巴巴地问："你是联大助教，应该认识字吧？平江机械厂门口的牌子上，明明写着'禁止拍摄'，你怎么还要拍摄？"

王敏便把他女朋友金沙非常喜欢重庆这座城市，但她不知道哪天不得不离开，希望拍下重庆的山山水水以便日后追思的事情说了一遍。

王战突然提高嗓门："你女朋友是国泰歌舞厅的金沙？据我们了解，金沙是日本特高课特务，她怎么可能喜欢你这个穷教书匠呢？"

王敏似乎忘记自己身处险境，极力争辩道：“造谣，污蔑！金沙父母死于南京大屠杀，她怎么可能是日本特高课特务呢？她只是靠卖唱为生的歌女，是这场战争的受害者！”

王战从口袋里掏出几张照片，摔到王敏面前。

那些照片，都是抓拍金沙和国民政府军政要员进行亲密无间活动的瞬间。

王敏拿起那些照片看了又看，喃喃自语：“不可能，绝对不可能，她只爱我一个人！”

半晌过后，王敏把那些照片抛向洞顶，双手抱头痛哭。

王战又把几张报纸扔到王敏面前：“看看吧，这些地方被轰炸前，你是不是都拍摄过？你知道你的行为是什么性质吗？通敌！”

王敏拿起报纸大致看了一遍，那些被炸的地方，他确实拍摄过照片。他狠狠地抽自己几个嘴巴，不停地说：“我鬼迷心窍，我该死！”

凌晨，王战驾车载着王敏和三个“啄木鸟小组”成员，来到钱永的照相馆对面。

照相馆内黑黢黢的，没有一点动静。

王战把王敏拖到距离轿车三十米的地方，把两颗九七式手雷塞到王敏手中，拔掉销钉：“这玩意儿，你松手就会爆炸。”他指指照相馆，“我过去砸碎玻璃，半分钟后，你把它们扔进去，然后快跑。当然，你可以耍心眼儿，不过我兄弟手中狙击步枪的子弹，肯定能追上你。你放心，我的兄弟，还能拍下你的英雄壮举。”

王战说完，捡起地上的砖头，走到照相馆前，砸碎一块玻璃后，快速离去。

王敏咬咬牙，跑到照相馆的破窗前，把两颗手雷扔进去，然后跑向轿车。他跑到轿车前一看，一个“啄木鸟小组”成员正在收起狙击步枪，一个“啄木鸟小组”成员正在摆弄照相机。

摆弄照相机的“啄木鸟小组”成员对王敏说：“路灯的光线太差了，拍摄效果可能不太好。好在我拍了好几张，应该能看清你的英雄壮举。你除掉了一个日本特务据点，我代表山城老百姓谢谢你！”

回联大的路上，王敏忍不住问王战四人：“你们——到底是什么人？”

“重庆人！”四人异口同声地回答道。

第十章
春风入我庐

孙大金把他从陈厂长家偷拍的照片冲洗出来，逐字逐句研读。这几封信，都来自前线，涉及最近长江布防的事情。

信中谈到，日军沿长江两岸进攻重庆，遭到国民政府军队强力阻击，损失惨重。日军军舰遭到漂流水雷重创，催促陈厂长尽快生产出爆炸当量更大的漂流水雷。

特高课上海总部给孙大金发来电报，让他密查国民政府生产漂流水雷的工厂，并予以摧毁。这些天，他的手下已经锁定几家工厂，平江机械厂就是其中之一。

从这几封信中的内容可以断定，平江机械厂就是国民政府生产漂流水雷的工厂。

金沙指使王敏拍摄平江机械厂厂区，就是为了给日军空军提供准确的轰炸目标。

孙大金为了查找漂流水雷的来源忙得焦头烂额，

练刚也为此事忙得不可开交。

练刚结合婵娟探视陈厂长太太、王敏拍摄平江机械厂的行为判断，以孙大金为首的日本特务极有可能要对平江机械厂采取破坏活动。

孙大金为什么盯上平江机械厂呢？练刚百思不得其解。

他查阅了平江机械厂的资料。平江机械厂原来是一家私有企业，由陈厂长父亲创办，主要生产钢筋、钢管等民用建筑物资，与军工根本不搭边。

难道抗战爆发后，平江机械厂被国民政府征用，生产军用物资？

王战把王敏拍摄的照片冲洗出来，可以看到厂区内停放多辆带有帆布篷的军用卡车，工人似乎比平时多了很多，但无法判断厂里到底生产什么东西。

练刚把他掌握的有限情报转告李贞，希望李贞联系南方局，通过南方局转给八路军重庆办事处。八路军重庆办事处将此情报转交国民政府有关部门，希望国民政府有关部门给予平江机械厂重点保护。

李贞告诉练刚："根据八路军重庆办事处掌握的情报，为防止日军从长江西侵重庆，国民政府军队于1938 年冬在石牌构建第一炮台，其左右有第一、第二分台，共安装十门大炮，以此作为长江要塞炮台群最前线，与之相配套的还有川江漂雷队、烟幕队。一个月前，日军军舰强行攻打石牌，却遭到长江中漂流水雷重创，损失惨重。”

练刚获得这条重要情报后，意识到平江机械厂可能是生产漂流水雷的工厂，孙大金可能要对平江机械厂进行破坏，为日军军舰进攻重庆扫清障碍。

为了验证他的判断，他必须接触陈厂长。

周末上午，婵娟得知陈太太病愈出院，就买了一些礼品，与练刚一起去陈厂长家探视。

保姆把练刚和婵娟带到客厅。精神饱满的陈太太仔细打量婵娟身后帅气的练刚，不等婵娟介绍，就问道：“婵娟，这位先生是——”

练刚主动做自我介绍：“我是婵娟的男朋友，叫练刚，联大历史系助教。”

婵娟对陈太太说：“练刚得知你经常到国泰歌舞厅给我捧场，非常感动。他本想去医院看望你，我觉得不方便，就让他等你出院后再来看望你。”

陈太太爽朗地对婵娟说：“哎呀，我们姐妹投缘嘛，现在我家工厂生意不错，赚到一笔小钱，分给妹妹一点儿也是应该的。”

练刚打量奢华的客厅，指着满屋子金丝楠木家具说：“这些家具价格不菲啊，陈厂长做什么生意的？能不能让我也沾点光？”

陈太太说：“我家工厂，是我公爹创建的，主要生产钢筋、钢管等建筑物资，都是小打小闹，维持温饱而已。战争爆发后，国民政府就——哎呀，不说了，不说了。你们喝茶、吃糖！”

练刚喝完一杯茶，起身走到博古架上看瓷器，一边看一边发出“啧啧”的赞叹声。

婵娟说：“让陈太太见笑了。我这个男朋友，是古董痴，见到好物件就迈不开腿。不过，你放心，他只是欣赏而已。”

陈太太家里经常来一些有钱人，建议她把那些瓶瓶罐罐卖掉，换成金条。她也觉得那些玩意儿不如金条实惠，几次想卖掉，都遭到陈厂长严词拒绝。

今天识货的练刚来到家里，她当然不会放过这个机会。她对练刚说：“既然练先生是行家，就麻烦你给这些东西掌掌眼，看看它们能换几根金条。”

练刚也不客气，像老专家似的，逐一对那些古董进行品鉴、估价。最后，他摇摇头：“这些玩意儿虽然够代，也都是真品，但称不上价值连城。”

陈太太有些不服气：“我家先生的书房还有一些呢。不过，我家先生的书房不让别人进入，包括我。”

练刚不经意地说：“既然陈厂长有如此规定，书房里的东西肯定是稀世珍宝了。与稀世珍宝见面，主要靠缘分。等我和那些珍宝缘分到了，自然就能看到了。”

“什么缘分不缘分的，都是鬼扯！你们也不是外人，而且还有我在场，有什么不能看的？走，我们现在就去看。”陈太太说完，起身找到钥匙，打开挨着客厅的西屋。

西屋也有一个博古架，上面的瓷器确实是精品。练刚给出的估价，高出客厅博古架的瓷器三倍到五倍。

家里居然有这么多“金条”，让陈太太开心不已。

他们回到客厅后，陈太太从东屋拿出一个盒子，放到练刚面前：“我不能白白麻烦练先生，这个小玩意儿，是现代工艺品，不值几个钱，却是美国朋友送给我家先生的。这玩意儿一共有五个，我家先生拿到工厂三个，这两个送给你把玩吧。”说着，她就打开盒子。

盒子里，有两个精致的漂流水雷模型。

练刚拿起漂流水雷模型查看，发现是微缩版的漂流水雷，所有零件齐全，可组装，可拆卸。

练刚把漂流水雷模型装入盒子，推到陈太太面前：“这东西虽然是工艺品，但在国内非常罕见。物以稀为贵，你还是好好珍藏吧。再者说，这是美国朋友送给陈厂长的，我不能夺人所爱。”

练刚把平江机械厂生产漂流水雷的消息报告李贞。

李贞却告诉练刚，陈厂长是自己人，上级命令练刚全方位保护他，并将日本特务即将对平江机械厂进行破坏的情报转告他。

练刚和婵娟商量见到陈厂长的办法。

婵娟非常后悔，她与孙大金相互配合掩护，盗取了陈厂长的钥匙，以致金沙毫不费力地进入陈厂长家，获得了陈厂长与前线部队有密切来往的证据。

他们感到更为恐惧的是，不知道孙大金和他麾下的特务何时破坏、怎么破坏平江机械厂。

不怕贼偷，就怕贼惦记。

他们必须马上见到陈厂长。

王战描述过平江机械厂的情形——戒备森严，所有进入厂区的人，必须得到驻厂军统督导组批准，且要经过严格检查。

婵娟认为，他们还得通过陈太太，才能进入平江机械厂，毕竟陈太太是陈厂长的媳妇，军统督导组肯定不会为难陈太太。

练刚说：“我们必须把一个枪法好、功夫好、应变能力强的同志送到陈厂长身边，才能为陈厂长提供全方位保护。我觉得这个人选，非‘啄木鸟小组’成员程岩莫属。程岩上过战场，打过硬仗，又接受过特殊训练。最重要的是，程岩是重庆本地人，履历做得特别干净，经得起军统调查。我们以什么理由把程岩送进去呢？最大的难点是，陈太太不是我们的同志，我们还不能将真相告诉她。”

婵娟思忖半晌，缓缓说道：“就说程岩是我的表弟，托陈太太的关系，想在平江机械厂谋取一份工作。至于成与不成，总之是我们能见到陈厂长的一个办法。”

练刚想来想去，推翻了一个又一个方案，最后决定采取婵娟的方案。

第二天，练刚和婵娟买了丰厚的礼品，来到陈太太家。

陈太太见练刚和婵娟又送来丰厚的礼品，喜出望外，热情地招待他们。

三个人闲聊几句后，婵娟不好意思地说道：“陈太太，我今天来，是想托你办件事。唉，我知道这是难为你，但我实在没有办法了。”

陈太太已经收下婵娟三份厚礼了，而且以前打麻将时，婵娟还故意让她赢钱，她自然不好拒绝。

陈太太大大咧咧地说：“婵娟，我们情同姐妹，你的事就是姐姐的事，只要姐姐能办的，或者姐姐托关系能办的，姐姐绝对不含糊。”

婵娟说：“我有一个表弟，为人老实、肯干，最近失业了，生活没有着落，你看能不能在你家工厂给他找份差事呢？薪水呢，你随便给！”

陈太太一拍大腿：“我以为什么难办的事呢。好说，我现在就给我家先生打电话！我家工厂的产品现在特别畅销，三班倒生产都供应不上，特别缺人手。”

陈太太打完电话，一脸无奈地对婵娟说：“唉，真不知道他整天想啥呢，让我们带上身份证件，把你表弟带到郭家沱面试。”

婵娟说：“应该如此。我用一下你家电话，通知我表弟到这里来。”

婵娟打完电话半小时后，程岩来到陈太太家。

程岩见过陈太太后，练刚又把程岩带到院子里，向程岩交代这次任务。

待陈太太化好妆、换好衣服后，练刚叫来四乘滑竿。

这些抬滑竿人都是下苦力的，头上包着白布帕，补疤衣服洗得干干净净。因为他们抬的都是有钱人，必须讲究卫生。

别看抬滑竿的人身材瘦小，爬坡上坎一点都不吃力。

来到朝天门码头，练刚购买四张船票。他们乘渡船来到江北，在江北又坐滑竿来到郭家沱一个无号牌的大门口。

大门口有四个身穿黑色短衣、戴黑色礼帽的精壮汉子，或站或坐，密切关注着过往行人。

陈太太带领三人刚走到大门口，就被一个黑衣人拦下。

陈太太说明来意后，一个黑衣人进入门房打电话，其他黑衣人检查练刚等人的身份证件。

黑衣人打完请示电话，告诉陈太太稍等，陈厂长出来迎接他们。

十分钟后，陈厂长来到门口，热情地与婵娟打招呼：“婵娟，上次你和孙总到医院探视我太太，我本应请你们吃饭，没想到杂事繁多未能成行，今天我必须补上。走，这里不是说话的地方，你们先到我办公室喝茶。”

在陈厂长的带领下，一行人左拐右绕，来到一个极其隐蔽的房间。

婵娟把程岩介绍给陈厂长：“陈厂长，我表弟是苦命人，家里经济负担重，再不找个活儿干，一家人都无法生活了。如果不是走投无路，我也不会麻烦您。他能吃苦，不怕累，您让他做什么都行。”

陈厂长说：“只要他能通过驻厂军统督导组审查，我这里一切好说。”他看看练刚，问婵娟，“你的男朋友一表人才，在哪里高就啊？”

练刚摇摇头：“天下可忧非一事，书生无地效孤忠。唉，穷书生一枚，在联大讨生活，助教而已。”

陈厂长不动声色地打量练刚。“天下可忧非一事，书生无地效孤忠”是上级代表与他接头的暗号。

他呵呵一笑：“这么年轻就是助教了，了不起。金科玉律真师范，化雨春风入我庐。”

“金科玉律真师范，化雨春风入我庐”也是接头暗号。

练刚见双方对上暗号，立即抱拳拱手：“陈厂长，过奖了，过奖了。”

陈太太听不明白了：“你俩文绉绉的，拽什么呢？能不能说点儿我能听懂的？”

陈厂长哈哈大笑，拿起茶几上的烟盒对练刚说：“练教授，为了避免女人嫌弃，我们到院子里抽一支烟吧。”

“嘿，今天怎么这么讲礼数了？你在家里可不是这样的啊！”陈太太白了陈厂长一眼，又看看婵娟，“还是婵娟妹子面子大。以后你常来我家，帮我好好归置一下他，让他改掉那些臭毛病！”

婵娟说：“我还指望陈厂长照顾我表弟呢，哪敢归置他啊。”

来到院子里，陈厂长迫不及待地问练刚：“这里到处是军统的眼线，我们长话短说，上级有什么指示？”

练刚就把孙大金是日本特高课特务，已经盯着平江机械厂，或引导日军轰炸机轰炸，或进行人为破坏，或暗杀陈厂长，上级派程岩保护陈厂长的事情，简要地说了一遍。

陈厂长说：“平江机械厂内可见的厂房，只生产建筑材料，厂房后面山洞内的车间，才生产漂流水雷，根本不怕日军轰炸机轰炸。但是，现在敌特渗透得厉害，暗中破坏的行径防不胜防。我只能尽力而为。”

“我们在外围全力阻止孙大金等特务破坏平江机械厂。”

他们紧紧握手，相互凝视几秒钟，然后郑重地点点头。

练刚刚回到联大宿舍，王敏就拿着一个药方来找他。王敏说，这是金沙今天交给他的药方，要他必须到永安堂药店买药。金沙没有生病，又让他舍近求远到永安堂药店买药，他对此难以理解。

练刚仔细研究药方。这是普通的药方，药方上的药材随处可见，也没有发现什么可疑的地方。

“金沙是不是为朋友买药？”练刚问。

王敏说：“金沙只是说，她身体不舒服，没有提及别人。”

王敏离开后，练刚继续研究药方，还是无法发现其中的问题，便带着药方来到孤儿院。

李贞和李秀看完药方，也没有发现问题。

李贞提出三个疑问：“金沙没有生病，为何要买中药？国泰歌舞厅附近就有大药店，金沙为什么不去那里买药，而是让王敏到永安堂药店买药？国泰歌舞厅里有那么多人，金沙为何偏偏指派王敏买药？”

李秀说："永安堂药店原来是我家的，我父母遇害后，被郑家富霸占。现在郑家富已经死了，永安堂药店无人经营，按理说应该倒闭，何人在经营呢？"

李贞反复端详药方："如果这是金沙向永安堂药店里面的人传递某种信息呢？"

"这是唯一解释得通的理由。"练刚接过药方，"上面也没有什么反常的文字。"他盯着上面每种药的剂量，感觉都超出了正常的范围。他在心里把每种药的剂量加在一起，居然有两百钱之多。

他把他的疑问提出来。

李贞和李秀也无法给出合理的解释。

李秀说："一人出谜，百人难猜。我们与其在这里绞尽脑汁地推理分析，不如去永安堂药店看看。我对那里非常熟悉，今晚我去侦察一遍。"

"我们一起去。"练刚说。

午夜，练刚和李秀围着永安堂药店转了三圈，也没有发现异常情况。

他们爬上墙头，看见只有后院正房里亮着灯，其他房间没有任何动静。他们顺着墙根摸到后院正房窗前，李秀在窗纸上洇出一个小孔，单眼向里面窥视。

她只看了一眼，就拔出手枪，想向里面的人射击。

练刚眼疾手快，一把抓住李秀持枪的手腕，把她拽到屋后，低声问道："怎么回事儿？"

“郑家富！他还活着！”李秀急切地说。

“我们把他的脑袋暂时寄存在他的脖子上。现在最要紧的事，是查明那个药方到底是怎么回事儿！”

他们返回北屋墙角，看见四个特务保护着郑家富，另外四个特务手里提着很重的木箱，向后门口走去。

李秀望着郑家富的背影，狠狠地咬咬牙。

郑家富离开后，永安堂药店的前屋后院安静下来。

“我们现在去哪里查？”练刚问。

“去库房。”李秀径直向库房走去。

永安堂药店的库房在后院西厢房后面的山洞内，洞口与西厢房后墙相连，洞内冬暖夏凉且干燥，非常适合贮存药品。

练刚熟练地打开西厢房的门锁后，二人闪身进去，又把门关好。

李秀摸到洞门，上面有三把不同的铜锁，看样子三把钥匙应该在三个人手里。不过，开锁对练刚来说不是难题。他用一根细钢丝，就打开了三把铜锁。

来到洞内，关好洞门，他们才敢打开洞内的电灯。

他们一左一右，由内向外检查。

练刚检查到中间，发现两个长方形木箱。他打开两个木箱上的小锁一看，里面全是优质烟土。

他掏出相机拍摄烟土。

他们搜遍库房，里面除了中药、西药和烟土，没有发现其他东西。

略感失望的练刚在心里不停地琢磨："郑家富是军统特务，金沙是日本特高课特务，难道他们联手做烟土生意？绝对不可能。这些天，金沙所有的行为，都围绕平江机械厂展开，那个药方应该和平江机械厂有关。但是，库房里没有发现异常的东西，难道药方上的东西不在库房里？"

这时，外面传来脚步声。

练刚赶紧关闭电灯，与李秀一起躲到洞门后。

原来，永安堂药店掌柜刘三起夜去厕所经过西厢房，发现房门没有锁，担心伙计偷盗库房里的烟土，就进入西厢房查看。

刘三打开电灯，发现洞门上的三把锁全部被打开，低头看看自己腰间的钥匙，心想："果然被自己猜中了，有人私自进入库房了。"

他向左右看了看，捡起一根木棍，悄悄推开洞门一看，里面黑乎乎的，只能看到外面灯光照射到的地方。

就在他犹豫进不进去的时候，喉咙突然被粗壮的胳臂锁住，上衣被蒙到脸上，腘窝处被狠狠磕了一下，他便跪在地上，随后类似枪口的东西抵在后脑上。

"你是谁？"练刚改用低沉的男中音问道。

"我是——是——永安堂药店掌柜刘三，好汉饶命。这里面的东西——你随便拿，我绝对不喊不叫！"

“我问你一件事情，你要如实回答，不然我要你的命！”练刚一边说，一边将枪口在刘三后脑上转动几下，“郑家富带走的东西是什么？”

“炸药，两百斤炸药。”刘三毫不犹豫地回答。

“炸药？哪里来的炸药？干什么用的？”练刚问。

“我们东家不是军统重庆站总务处副处长嘛，他从军统重庆站库房提出来的，说是用来炸石头。”

“炸石头？炸哪里的石头？”练刚追问。

“我就是给东家看摊儿的，东家不说，我也不敢问啊。”刘三说。

练刚抡起枪托，砸晕刘三。

第十一章
密室无秘密

李秀回到孤儿院，想到郑家富还活着，恨得咬牙切齿，琢磨如何尽快做掉他。

她想，郑家富从军统重庆站提出两百斤炸药，应该有合适的理由，否则他根本提不出来，毕竟军统对炸药管控非常严格。

永安堂药店的库房里出现大量烟土。国民政府明文规定，任何人种植罂粟、贩卖烟土都是违法的。她可以把这件事告诉毛仁奉，假借毛仁奉之手，处置郑家富。

第二天，李秀把永安堂药店私藏大量烟土的事情告诉毛仁奉。

毛仁奉在缉毒方面是非常敬业的。但是，他不是为了维护国民政府的法律，而是把收缴来的烟土高价倒卖，从中大发横财。

按理说，毛仁奉和郑家富都是军统重庆站的干部，彼此不论做什么，只要不过分，都应该睁一只眼闭一只眼，毕竟谁的手都不干净。可是，毛仁奉根本看不上贪生怕死卖主求荣的郑家富，一直想找机会整治郑家富。

现在，一石二鸟的机会来了，毛仁奉自然不会放过。他派得力手下冯祺带领二十个军统特务，搜查永安堂药店。

冯琦带领军统特务闯进永安堂药店，被刘三拦住。刘三瞥了冯祺一眼："你们知道这是谁家的买卖吗？"

冯祺把军统重庆站的搜查令在刘三面前抖开，指着上面鲜红的印章喝道："睁开你的狗眼看清楚，国民政府军事委员会调查统计局重庆站，奉命搜查违禁物品。你若不配合，按通日法办！"

刘三说："这位爷，大水冲了龙王庙啊，我们东家就是军统重庆站总务处处长。你们等我给东家打完电话再搜查好不好？我就是跑腿看摊儿的，东家怪罪下来，我不好交代啊。"

冯祺鄙夷地瞥了刘三一眼："纠正一下，你们东家是军统重庆站总务处副处长，副的，懂？"他指指柜台上的电话，"马上打！"

刘三打了几次电话，无论如何都打不通。

原来，冯祺怕有人给郑家富报信，早就命人剪断了永安堂药店的所有电话线。

“查，所有地方细细检查，耗子窝都给我掏三遍！”冯祺见刘三蔫了，厉声对身边的军统特务喊道。

二十个军统特务分头搜查。

可是，他们查遍所有房间，也没有查到任何违禁品。

原来，刘三醒来后，把库房里的人参等名贵药材据为己有，然后打电话向郑家富汇报，有人潜入库房盗窃并打昏他的事情。但是，他故意隐瞒了自己向练刚交代炸药的情节。

小心谨慎的郑家富立即命人把烟土转移。

冯祺等人折腾半天，一无所获，悻悻地回去向毛仁奉复命。

毛仁奉本指望靠这批烟土发笔横财呢，没想到被狠狠打脸，就秘密会见李秀，责问她的情报为何失准。

李秀坦陈，她昨夜潜入永安堂药店库房，确实发现了那批烟土。至于冯祺为何没有搜查到，她不得而知。

“你为何要私自调查郑家富？”毛仁奉盯着李秀的眼睛问。

“我怀疑他通日！”李秀愤愤地说。

毛仁奉立即摆摆手，示意李秀不要说了：“你的任务是，密切关注李贞的行踪！你不要舍本逐末！”

李秀回来后，立即向李贞汇报，毛仁奉派冯祺带人搜查永安堂药店一无所获的事情。她据此判断，刘三所言应该是真的。

李贞把李秀的汇报转告朱校长，让他们速查那批炸药的下落。

当晚午夜，朱校长立即召集李贞、练刚、王战、丁广福开会。

练刚认为，郑家富与金沙私下联系，又从军统重庆站提出那么多炸药，极有可能用于炸毁平江机械厂。理由是，生产漂流水雷的车间都隐藏在山洞内，日寇轰炸机投下的炸弹无法对其进行破坏。

王战结合练刚在永安堂药店获得的信息分析，那些散装的炸药，只有制作成炸药包才能达到爆炸效果，当务之急是查到制作炸药包的地方，然后销毁那些炸药包。

练刚猜测，郑家富肯定将炸药交给孙大金或者金沙。孙大金或金沙一定在距离平江机械厂比较近且非常隐蔽的地方制作炸药包。无论如何，他们都要在炸药包进入平江机械厂之前将其截获，否则后果不堪设想。

他判断，上次孙大金将婵娟带到一个隐蔽的地方。那个地方可能就是孙大金等人的秘密活动基地，孙大金等人极有可能在那里制作炸药包。可惜的是，当时婵娟被蒙上双眼，乘坐的轿车又在城区转了几圈，以致婵娟无法判断那个地方的具体位置。

李贞认为，必须马上通知陈厂长，在厂内厂外严加防范，禁止闲杂人等靠近生产漂流水雷的车间。

朱校长认为，平江机械厂内，肯定有内奸，命令程岩把内奸查出来。

王战建议，他带领“啄木鸟小组”成员全天候跟踪孙大金和金沙。这两天，他们必然会去那个秘密活动基地。

练刚提议，王敏一直想找机会立功赎罪，王战应该与王敏配合。

国泰歌舞厅营业后，向来在门口迎接贵宾的孙大金却没有出现。

金沙安置好重要客人后，也换下艳装匆匆离去。

王敏悄悄跟踪金沙，记下金沙驾驶轿车的车牌号。

婵娟立即打电话通知守在国泰歌舞厅门口公用电话亭旁的王战。王战和两个“啄木鸟小组”成员驾车来到国泰歌舞厅门口，王敏把金沙的车牌号和行驶方向告诉王战。

王战猛踩油门，一路追赶，两分钟后，就追上金沙的轿车。

练刚和李秀分别驾驶一辆轿车，与王战轮流跟踪金沙的轿车。

金沙密切注视后视镜。她驾车在城区绕了几圈，最后绕到临江门一座石屋前。这里距离平江机械厂一公里。她以两短三长的模式按响喇叭，然后下车。石屋门缓缓打开，她径直进入石屋内，石屋门立即关闭。

一个黑衣人驾驶金沙的轿车，驶向石屋后面。

练刚、王战、李秀驾车依次经过石屋，在距离石屋一公里的地方把轿车藏好后，步行来到石屋前。

石屋是水泥瓦屋顶，朝江面那边有两扇窗，临街那面没有窗，貌似库房。

王战摸到石屋门口，把耳朵贴在门上细听一会儿，回来告诉练刚，屋内应该有很多人，但无法看清屋内的情况。

练刚带领众人沿着石屋墙脚往后面走。

石屋临江那面，有一条三合土路，土路边是长方形院坝，院坝内停放着包括孙大金、金沙轿车在内的六辆轿车。

练刚瞅瞅石屋的窗户，厚窗帘下垂，与上面横窗框之间出现一道缝隙。他指指那道缝隙，冲王战努努嘴。

李秀负责警戒，练刚、王战和两个“啄木鸟小组”成员，以搭人梯的方式爬上石屋屋顶。两个“啄木鸟小组”成员趴在屋脊后，拉着王战的腿，王战拉着练刚的腿，练刚把上半身探下屋檐，从窗帘上方的缝隙向石屋内窥视。

屋里除金沙一个女人外，全是男人。

墙上挂着天照大神画像，金沙站在前面，孙大金和四个黑衣男人站在金沙身后，六个人都面向天照大神画像颔首站立。

一分钟后，孙大金用日语向金沙逐一介绍站成纵队的男人。

“虎！蛇！鼠！虫！”孙大金依次拍打胖子、瘦子、矮子、白净脸的肩头。

孙大金喊到谁的代号，谁就向金沙立正、颔首，“嗨”了一声。

孙大金介绍完毕，走到队列左侧，低声喊道：“向左转，立正，请川岛幸子特派员训示！”

虎、蛇、鼠、虫齐刷刷地转身，面向金沙，把双手背到身后，昂首挺胸。

金沙扫视四人，用日语低声说道：“武士们，效忠天皇的光荣时刻到了。支那军队在长江中设置的漂流水雷，延缓了皇军军舰西进的速度。特高课上海站责令你们摧毁支那政府生产漂流水雷的工厂。下面请新任日本特高课重庆特别行动队队长‘狼’布置任务。”

孙大金在四人面前一边踱步一边说：“根据线报，平江机械厂就是支那政府生产漂流水雷的工厂，虎、蛇、鼠、虫四组明确分工，通力合作，必须一举除掉给皇军制造麻烦的源头。分工如下：虎组明天一定买到足量的雷管，蛇、鼠两组配合虎组制造炸药包，虫组负责情报支援。”

孙大金布置完毕，扭头问金沙："特派员还有何指示？"

金沙挥挥手："各位武士，我为诸位备下夜宵，诸位吃完夜宵后，速去准备。"

练刚等人悄悄爬下石屋。

练刚把他看到的情况，向王战等人描述一遍，命王战、李秀和两个"啄木鸟小组"成员分头跟踪孙大金、金沙等人。

虫吃完夜宵，从石屋出来，走到江边，与两个人会合，一起向嘉陵江上游走去。

路上乱石丛生，练刚小心翼翼地跟在他们后面。

虫等三人走到被帆布遮得严严实实的拖船旁。虫拍了三掌，拖轮上有人推出一块跳板。

三人上船后，跳板马上被人收回。

练刚潜入江中，摸到拖船上，掀开帆布查看，在众多木箱中，看到印有炸药标记的木箱。

就在他想如何处置炸药时，一个人提着手枪走过来。

练刚盖好帆布，顺着船舷潜入江中。

练刚回到老顾的茶馆，与王战等人会合，把他探知的情况复述一遍，又带领王战和三个"啄木鸟小组"成员来到石屋后面的江边。

他们来到拖船所在位置，却看不到拖船。

原来，孙大金返回国泰歌舞厅后，向吴兰询问金沙走后，国泰歌舞厅里发生的情况。

吴兰没有多想，就说王敏跟随金沙出去，再也没有回来。

孙大金想了想，便驾车回到石屋，向拖船发出联系暗号。

虫离船上岸，询问孙大金有何指示。

孙大金命令虫立即把拖船开走。虫感觉孙大金疑神疑鬼瞎折腾，满腹不高兴，但也只能服从命令。

孙大金走后不久，练刚等人就赶到拖船所在位置，结果扑了空。

练刚判断，他们的行动可能存在纰漏，把孙大金惊着了，就命令王战等人抓紧时间行动。

第二天清晨，练刚、王战化装成矿工，来到朝天门码头军火黑市，寻找雷管卖主。他们询问了几个卖主，得知他们手里的雷管，都被一个炸鱼的人高价买走了。

练刚感觉形势紧迫，仅靠他们的力量无法对抗组织严密、行动迅速的日本特务组织，就把他侦知的情况与预判向李贞汇报。

李贞立即向南方局领导汇报。

南方局领导立即将日本特务准备炸毁平江机械厂的情报转告国民政府当局。国民政府当局向平江机械厂增派了一个警备队，同时邀请南方局派员协防。

南方局领导指派练刚入驻平江机械厂。

孙大金见炸药、雷管等制作炸药包的材料齐备，便命令虎、蛇、鼠三组日本特务在拖船上制作炸药包。

炸药包制作完毕，他们又在拖船上堆满中草药，防止巡江队的搜索犬闻出炸药的味道。

虫驾驶拖船慢慢向嘉陵江上游驶去。

巡江队队员驾驶巡逻艇拦住拖船的去路，登船检查。

虫满脸堆笑地接待巡江队队员，主动拿出郑家富提供的运输中草药许可证、运输通行证。

巡江队队长见拖船的证件齐备，挥手命令队员认真检查拖船上的货物。

今天早上，巡江队队长接到上级通知，严密检查所有拖船，不容有失。

几个巡江队队员把拖船翻了一个底朝天，也没有发现违禁物品。

待巡逻艇远离拖船后，虎、蛇、鼠等人口含竹管，夹着用塑料布、油纸双重包裹的炸药包爬上拖船。原来，虫发现巡逻艇后，就让虎、蛇、鼠等人把炸药包包好，挂在船底，虎、蛇、鼠等人全部入水，保护炸药包。

婵娟的任务是在国泰歌舞厅监视金沙和孙大金。这几天，金沙和孙大金不是不来国泰歌舞厅，就是来了，也是猫在办公室里不出来，让她无法获得任何有价值的信息。

婵娟甚至怀疑，金沙或者孙大金识破她的身份，故意躲避她。

其实是特高课上海总部给孙大金连续发来急电，责令他限期摧毁国民政府的漂流水雷生产工厂，为日军进攻重庆扫清障碍。

现在，虎、蛇、鼠、虫四个特务组组建完毕，郑家富为他们提供了充足的烈性炸药，可以说，万事俱备，只欠东风。那个“东风”，就是如何把炸药包运进戒备森严的平江机械厂，放在合适的位置。

虫向孙大金提出，他的组员需要四个充气艇相互掩护，确保炸药包安全。

孙大金叫来金沙：“现在可信的人手不够，虫组急需四个充气艇，你想办法筹措。”

金沙白了孙大金一眼：“你怎么不去？”

孙大金说：“我和婵娟假扮情侣，到平江机械厂周围侦察，看看从什么地方把炸药包送进去。”

金沙瞪了孙大金一眼：“你和婵娟是去宾馆开房吧？我和婵娟置办充气艇，你和吴兰装扮情侣。吴兰胸大无脑，有眼无心，可靠可控。”

孙大金无奈，只好把婵娟和吴兰叫来，给她们安排任务。

没想到，吴兰死活不愿意与孙大金假扮情侣，婵娟又愿意替代吴兰。金沙没有办法，只好同意。

待婵娟与吴兰离去后，金沙盯着孙大全，严肃地说：“现在是非常时期，请你管好你裆下三寸不祥之物。如果你敢乱来，我以违反军纪罪名处置你！”

第十二章
玫瑰色馅饼

金沙和吴兰来到黑市，选了四个可乘四人的黑色充气艇，确认性能完备之后，用麻袋装好，打上标记。

金沙对老板说："这东西太重了，我们两个女孩子拿不回去，只能暂时寄存你这里。我交五块银圆作押金，待使用充气艇前一天，我派人来取，同时结算余款。"

老板欣然同意。

她们刚要离开时，又被老板拦住。老板指指吴兰，问金沙："小姐，冒昧地问一下，她可婚配？"

老板这么问，确实很冒昧。金沙和吴兰一脸不解地望着老板，等待下文。

老板满脸歉意地说："我叫吴厝，有一个儿子叫吴小正，今年三十岁，是平江机械厂车间管代，月薪四十块银圆，可惜就是找不到媳妇。我觉得这位姑娘不错——唉，我现在舍下老脸到处托媒，也找不到合适的。”

金沙听说老板的儿子是平江机械厂车间管代，顿时来了兴趣，指着吴兰说：“她是我乡下表妹，今年二十岁，尚未婚配。家里穷，她不得不来城内谋生。我舅舅也想给她找个好人家呢。唉，我也是到处托人给她做媒呢，可惜我的亲戚朋友都嫌弃她是乡下人，看不上眼呦。你觉得她和你儿子合适，可以安排时间让他们见一面，有缘分就往下处，没缘分就拉倒，反正我们都不搭啥。”说完，她递给老板一张名片，“等你儿子回家，你问问他是否同意。他同意的话，我安排他们见面。”

老板双手接过名片，连声说好。

回去的路上，吴兰小心翼翼地问金沙：“金姐，你这是——”

金沙冷冷地说：“这是命令，无条件执行！”

孙大金装扮成商人，婵娟装扮成大家闺秀，驾车来到平江机械厂附近。

孙大金把轿车停在路边。他们下车后，手挽着手，爬上平江机械厂后山坡，在隐蔽的位置藏好。孙大金掏出望远镜，观察平江机械厂厂区。

婵娟负责警戒，密切注视着周围。

孙大金一边观察，一边叹气。

婵娟问：“这个厂区也不大，估计一颗航空炸弹就能炸平，为什么如此费事呢？”

孙大金放下望远镜：“这个工厂的重要生产车间，都隐藏在山洞内，飞机轰炸，只能伤及皮毛，不能动其根本，没有用的。”他指指厂区，“那里还有两门高射炮呢。”

“我看看！”婵娟佯装好奇，接过望远镜看了一会儿，“我没发现哪里有特殊的地方，还是你看吧。”她说完把望远镜递给孙大金。

“走，我们换个地方再看看。”

孙大金刚要起身，被婵娟一把拉住。婵娟用手势告诉孙大金，上面有人下来了。

孙大金侧耳细听，上面果然传来窸窸窣窣的脚步声。

他循声用望远镜一看，拍了拍婵娟的肩膀：“不用怕，自己人。你在这里负责警戒，我过去看看。”

山坡上鬼鬼祟祟地走下一胖一瘦两个矮个男人。

胖子看到孙大金，迅速靠上来，用日语问道：“站长，你怎么来了？”

孙大金回头看了看，指了指前面：“到前面说话。”

婵娟壮着胆子，借着灌木掩护，悄悄地跟随孙大金。

孙大金和两个人钻进用篾席搭建的茅屋里，茅屋四周堆满茅草，非常隐蔽，不走到近前很难发现。

婵娟靠近茅屋，即便她的听力极好，也只能听到含糊不清的日本话。既然听不清，她便原路返回，并清除她的脚印。

过了一会儿，孙大金从茅屋里钻出来，一边走一边观察路上的脚印。

婵娟把平江机械厂后山坡存在日本特务隐蔽观察点的消息，报告给练刚。

练刚与程岩带领十个警备队队员，悄悄来到后山坡，找到那个茅屋，抓住日本特务水谷亳和仰山界。

经过审讯得知，水谷亳和仰山界奉代号“狼”的命令，观察平江机械厂出入货物的数量、值班人换班规律，统计上下班工人人数等信息。

练刚问：“‘狼’的真实姓名和职业是什么？”

水谷亳说：“我们奉命从长春潜入重庆，接受‘狼’的领导。至于‘狼’的真实姓名、职业，我们无权过问。我们的任务是，接受任务，执行任务，完成任务。”

仰山界也是如此回答。

练刚见问不出有价值的信息，就让程岩把水谷亳和仰山界移交军统总部。

虽然从水谷亳和仰山界那里没有得到有价值的信息，但练刚判断：一、孙大金的代号是“狼”；二、日本特务已经为炸毁平江机械厂做准备；三、这个隐蔽观察点之所以没有撤走，说明日本特务还没有掌握平江机械厂的全部信息，或者没有找到合适的入厂途径。

练刚和陈厂长商量，必须把平江机械厂的保卫工作做到无懈可击。

孙大金从水谷亳、仰山界那里获悉，平江机械厂的家属区和厂区距离比较近，任何人都要持家属证进入家属区。若是亲朋好友来访，由家属亲自到大门迎接，并向安保部门登记，说明亲朋好友从哪里来，彼此是什么关系。留宿的人，还要接受安保部门审查。连家属区的菜市场、商铺都有严格的审查制度。

厂区实行军事化管理，工人凭借工作证进出。国民政府任何部门领导来到厂区，无论官职大小，都得出具本人工作证、上级部门开具的介绍信。

孙大金觉得，凭他们现在的能力，根本无法突破平江机械厂设置的铜墙铁壁，一时间把脑袋愁出好几个大包。

金沙回来，把吴厝想娶吴兰做儿媳妇的消息告诉孙大金。孙大金认为这是打入平江机械厂的唯一办法，让金沙尽快做通吴兰的思想工作。

吴兰从黑市回来后，就把金兰要将她嫁给吴小正的消息告诉唐勇，并明确表示她不愿意配合金沙，希望唐勇帮助她离开重庆。

吴兰以为，她把女人的一切都交给唐勇，唐勇理应为她负责。她哪里知道，她在唐勇眼中，只是一件可以利用、把玩的廉价工具。

唐勇劝慰吴兰：“你现在是军统人，不是普通老百姓，必须无条件服从上峰的命令。这是你立功建业的好机会，待我们把这群日本特务一网打尽时，就是你升官晋爵之日。”

吴兰见唐勇这么说，心里拔凉，厉声问道：“你明明知道孙大金、金沙是日本特务，为什么还不派人把他们抓起来？”

唐勇沉下脸：“幼稚！抓住几个日本特务，抗日大业就能成功了？我们不动他们，必有不动他们的理由。任何利用都是相互的。等他们没有利用价值，我们肯定不会让他们浪费重庆一粒大米。我告诉你，如果你敢私自离开重庆，军统不但要法办你的家人，还会全国通缉你！”

现在，吴兰才理解“上船容易下船难”这句话蕴含的道理，尤其是贼船。

金沙来做吴兰的思想工作时，吴兰只关心金沙能给她多少钱。

金沙也很直接，答应吴兰，如果这次吴兰能顺利、尽快完成她交办的任务，奖励两根金条。

金沙把一根金条放在吴兰面前：“这是预付金，事成之后，再付另一根。”

吴兰爽快地收下金条。

金沙给吴厝打电话，要吴厝到国泰歌舞厅附近的茶楼见面。

吴厝没想到，自己随便一句话，就能为儿子讨到媳妇，一顿谢天谢地谢祖宗之后，换上压箱底儿的衣服，赶往金沙指定的茶楼，会见金沙。

吴厝与金沙寒暄几句之后，忍不住直奔主题："你表妹同意了？你表妹父母同意了？他们想要多少彩礼？什么时候能结婚？"

金沙说："男大当婚，女大当嫁。我舅舅舅妈的意见是，只要能给表妹找个好人家，不挨饿、不受气就好。至于彩礼嘛，国民政府不是提倡简婚嘛，我们一切从简，全部折合成钱，共六十块银圆。你付完彩礼，他们随时可以结婚。"

"六十块银圆？一般人家娶媳妇，撑死十斗稻谷，附加一两斗豆子。"吴厝见金沙要这么多彩礼，不但心疼而且肉疼。

金沙冷冷地笑道："我表妹，你也见过了，你肯定是中意的，不然我们今天就不会坐在这里。这点儿彩礼，也就是你儿子两个月的薪水。如果你觉得不合适，今天就当作我请你喝茶了。"

吴厝赶紧说："我没有觉得彩礼要得多，只是怕——怕儿子花这么多钱娶媳妇，被邻里笑话。"

金沙说："我虽然没有见过你儿子，但是我也能想到，你儿子有那么好的工作，一个月赚那么多钱，三十岁还没有娶媳妇，在某方面肯定有问题。”

金沙的话，直接戳中吴厝的痛处。他儿子，长得和武大郎差不多，又丑又矮，导致很多女孩的父母实在无法接受。

金沙见吴厝还在迟疑，补充道：“我舅舅舅妈重男轻女，女儿在他们眼里，就是一个累赘，早嫁出去早省心。他们只关心彩礼，少一块银圆都不行。如果你觉得彩礼要得多，只能说两个孩子有缘无分了。”说完，她招呼侍应生结算茶钱。

吴厝见儿子的婚事要泡汤，咬咬牙道：“好，好，我答应。但是，过完彩礼，他们就结婚！”

金沙说：“你今天晚上把彩礼交给我，我明天早上就把表妹送过去。”

吴厝说：“我儿子的单位有特殊要求，他要结婚，必须向军统督导组提供女方家庭住址、父母职业等所有信息，以备军统督导组背调。”

金沙大大方方地说：“没问题，我现在就能提供。”

吴小正没想到，天上掉下一个林妹妹，不偏不倚地落到他的怀里。

这么多年，他在相亲的战场上，屡败屡战，屡战屡败，以致他信心全失。他现在对女方只有两个要求——女的，活的。

通过吴厝的描述，吴小正没想到父亲无意中的一句话，就给自己找到一个远远超出预期的媳妇，高兴得抱起荤油坛子，在院子里足足跑了十圈。

他一边跑一边喊：“婚动了，我的婚动了！”

第二天，他就把吴兰的资料交到军统督导组，同时还附加二十块银圆作为吴兰背调的车马费。

军统督导组组长收下吴小正的好处，派人到吴兰家里调查。没有查出任何问题，他就把背调结论移交给陈厂长，请陈厂长在吴小正的结婚申请书上签字。

陈厂长把吴兰的背调结论交给练刚审查。

练刚见吴小正迎娶的人是吴兰，担保人是国泰歌舞厅副总经理金沙，就意识到，这不是简单的婚事。吴小正十八岁入职平江机械厂，从底层杂工升至车间管代，熟悉厂内一切。他与吴兰结婚，必然会把这些秘密泄露给吴兰。

练刚把吴兰、金沙的真实身份，以及他的担忧告诉陈厂长。

陈厂长压下吴小正的结婚申请书。

吴小正望眼欲穿地等待军统督导组的背调结论，背调结论却如泥牛入海。迫切想结婚的他，实在等不下去了，就到军统督导组询问。

军统督导组组长说，经他们认真调查，确认吴兰身份清白，完全符合结婚标准。至于陈厂长为何没有批复吴小正的结婚申请，他不得而知。

得到这个消息，吴小正火冒三丈，认为陈厂长是饱汉子不知饿汉子饥，气冲冲地闯进陈厂长的办公室质问。

陈厂长无法直接说明自己不批准吴小正与吴兰结婚的原因，就委婉劝说吴小正放弃吴兰，另找一个好女孩。

吴小正哀求两个小时无果，最后不得不给陈厂长下跪磕头，陈厂长依旧不答应。

吴小正垂头丧气地回到家里，把陈厂长不批准他结婚的事情告诉吴厝，气得吴厝拿起柴刀想去找陈厂长拼命。

吴小正拦下吴厝："爹，你根本进不去厂区。就算你能进入厂区，厂区到处是荷枪实弹的警备队队员，他们能把你打成筛子。你去问问金沙，我辞职后，吴兰能不能嫁给我。"

吴厝愤愤地说："你傻啊？一个月四十块银圆薪水的工作，到哪里去找？我觉得就是陈厂长想看你的笑话，巴不得你打一辈子光棍。这年头，软的怕硬的，硬的怕不要命的。反正陈厂长的命比你的命金贵。你去跟他玩命，我就不信他不答应！"

吴小正说：“我这样闹下去，结果还不是被开除嘛。我被开除后，吴兰再不和我结婚，我们亏大了。你去问问吴兰，如果我失去这份工作，她还愿不愿意嫁给我。彩礼可以再加二十块银圆。”

吴厝觉得吴小正说得有道理，立即给金沙打电话，并提出让吴兰与吴小正见面。

金沙欣然应允，让吴厝父子在国泰歌舞厅附近的茶楼见面。

吴兰见到吴小正的长相，差点儿把苦胆呕吐出来。吴小正不但个子矮，五官还像被炸弹炸毁的房屋，都不在合理的位置上，用“奇丑无比”形容都是厚道的。

吴小正见到吴兰，则是心旌摇曳。吴兰除了肤色黑一些，几乎没有缺点。尤其高挺的胸脯，浑圆的臀部，笔直的大腿，让他觉得付出任何代价得到吴兰都是值得的。

金沙得知，吴小正的结婚申请没有得到批准，吴小正想结婚必须辞职，感觉吴小正没有利用价值了，就以要和吴兰父母商议为由，没有立即答应。

吴小正见到手的美女要跑掉，当时就急了，发下重誓，只要吴兰愿意嫁给他，他愿意为吴兰做牛做马，一切都听吴兰的。

“你们先聊着，我出去打一个电话。”金沙说完，扔下吴兰，径直离开茶楼。

现在吴小正的情况有变，金沙无法判断吴小正还有多大利用价值，吴兰还有没有与吴小正结婚的必要，她要与孙大金一起研判。

金沙来到孙大金的办公室，把吴小正无法顺利与吴兰结婚的事情讲述一遍。

孙大金说："刚才我接到线报，最近一周内，平江机械厂的军用卡车几乎没有动。我怀疑，他们可能担心我们半路袭击运送漂流水雷的军用卡车，改为秘密通道转运。只要我们找到那条秘密通道，一切难题便迎刃而解。"

金沙望着孙大金，示意他说下去。

"平江机械厂的职工，都是被深度洗脑的，而且薪资、福利都不错，没有足够大的诱惑，他们很难出卖厂方的信息。吴小正是车间管代，必然熟悉厂内的一切。如果我们利用好厂方不让他迎娶吴兰的矛盾，他就会成为我们摧毁平江机械厂的利器。至于吴兰嘛，烂女人一个，此事即便失败，我们也是零代价。"

金沙点点头："我知道怎么做了。"

金沙返回茶楼，面色沉重地对吴小正说："现在工作不好找，你那么高薪水的工作更不好找。为了让我表妹以后的生活有保证，你还是去求求陈厂长，批准你和吴兰的婚事。军统督导组的背调都没有问题，陈厂长是不是故意刁难你？彩礼嘛，还是六十块银圆，你把二十块银圆送给陈厂长，求他高抬贵手，放你一马。人心都是肉长的嘛。老辈人说，宁拆十座庙，不破一次婚。你和吴兰乃天作之合，陈厂长的手稍微抬一抬，就是皆大欢喜的事情。”

吴厝说：“金小姐言之有理，但是，如果陈厂长不批准怎么办？”

金沙盯着吴小正：“人不畏死，何难之有？陈厂长要是故意刁难你，你就做一次真男人。记住，陈厂长绝对不敢与你换命，你怕什么？我把话挑明了，我不希望吴兰嫁给屈服权势的孬种。我接受被开除的你，绝不接受主动辞职的你！”

被打了鸡血的吴小正，站起来大声说：“我知道怎么做了，你们等我好消息！”

第二天，吴小正上班后，怀揣一把匕首，直接来到陈厂长的办公室，一屁股坐在办公桌前的椅子上，冷冷地对陈厂长说道：“陈厂长，我已经三十岁了，比我小的工友的孩子都上学了，我还在打光棍，被很多人耻笑。现在我好不容易遇到一个合适的，且她也通过了军统督导组背调，希望你高抬贵手，成全我的婚事！”

陈厂长好言相劝：“小吴，这个吴兰才二十岁，还是你父亲在市场上偶遇的，她就爽快地答应嫁给你，你觉得正常吗？她的背调没问题，但不等于她完全清白。她在国泰歌舞厅工作，那里是什么地方？她能干净得了吗？你能驾驭她吗？一旦你受骗上当，绝不仅仅是钱财上的损失。你这么大岁数了，确实应该结婚成家，我也一直发动各位同事帮你物色。相信以你的条件，很快就能娶到一个可靠、可心的媳妇。”

吴小正站起来，阴森森地吼道：“姓陈的，我在这里干，你是我的厂长；我不在这里干，你对我来说，狗屁都不是。这个吴兰，我非娶不可，希望你不要给我添乱。至于我上不上当，受不受骗，那是我的事，与你无关。你要做的事情，就是马上批准我和吴兰结婚。”

陈厂长示意吴小正坐下：“小吴，我这么做，肯定有这么做的道理。现在可以明确的是，我不是故意刁难你，更不是盼望你永远打光棍。有一些话，我不便说，但我更不想眼睁睁地看着你往火坑里跳。这样，你休一个月假，回家冷静一下，然后我们再讨论这件事。”

“少废话，你就是死活不批准我结婚呗？”吴小正说完掏出匕首，“妈的，你不让我结婚，我就让你去死！”他瞪着血红的眼睛，绕过办公桌，举起匕首刺向陈厂长胸口。

陈厂长来不及躲避，只能侧身，匕首刺中他的右大臂。

吴小正收回匕首准备再刺时，藏在套间里的程岩，一个箭步蹿到吴小正身边，抬腿踢中吴小正持匕首的手，近身一肘，把吴小正打倒在地。

“来人！”程岩习惯性地喊了一声。

守在门口的四个警备队队员冲进来，反铐吴小正的双手。

吓出一身冷汗的陈厂长挥挥手，程岩和四个警备队队员把吴小正押到禁闭室。

现在，平江机械厂的人事工作，全部由军统督导组负责。他们把吴小正带进审讯室，一顿暴打后，问吴小正受谁指使刺杀陈厂长。

吴小正只承认，陈厂长不批准他结婚，他心生怨气才动刀的。

军统督导组的人，不想跟吴小正说废话。在特殊时期刺杀陈厂长，可以直接枪毙，就准备把吴小正送到渣滓洞监狱。

陈厂长包扎好伤口，到军统督导组为吴小正求情。

军统督导组组长收过吴小正的好处，又想卖给陈厂长一个人情，便开除了吴小正，限他一天之内搬离平江机械厂宿舍。

吴小正失去高薪工作，还差点儿送了性命，但是他一点也不沮丧。因为他心中只惦记一件事，就是尽快做新郎。只要能把吴兰娶到手，让他少活二十年都值得。

吴厝把吴小正被开除的事情告诉金沙，要求吴兰与吴小正尽快结婚。

金沙不但没有食言，还提出遵守国民政府婚礼从简的倡议，吴兰与吴小正的婚事，从速从简。

吴厝把六十块银圆彩礼交给金沙后，请亲戚朋友吃顿饭，就算把吴小正的婚礼办完了。

第十三章
圈套中蝼蚁

婚后，吴小正像对待无价珍宝一样，宠惯着吴兰。吴兰的任何要求，他都愿意第一时间满足，并以此为乐。

吴兰按照金沙交代的办法，一边撒娇一边让吴小正讲述平江机械厂的事情。

平江机械厂明文规定，无论在职或离职的员工，五年内不得在任何场合对任何人谈及厂内任何事情，否则按通敌叛国罪论处。

吴小正明知道自己不能向吴兰谈及平江机械厂的事情，但是英雄难过美人关，男人最怕枕边磨。

开始，吴兰要吴小正讲述平江机械厂的事情，吴小正却顾左右而言他。没想到吴兰却生气了，埋怨吴小正不信任她，进而不让吴小正碰她。

初尝女人滋味的吴小正，肯定受不了这种肉在嘴边不让吃的折磨。他认为，吴兰就是穷人家孩子，已经把身心毫无保留地交给他。吴兰问及他以前工作的内容，肯定出于好奇而已，并不一定有恶意。

于是，他给吴兰讲述了一些平江机械厂内无关紧要的事情。

只要吴小正愿意讲平江机械厂的事情，不论重要不重要，吴兰都会转怒为喜，并以崇拜的眼神望着吴小正，还主动履行妻子的义务。

吴兰的崇拜，让吴小正感到很满足，进而更愿意满足吴兰的好奇心。

吴小正被开除，吴兰又辞去国泰歌舞厅的工作，两个人无聊至极。吴兰劝吴小正去吴曆的店里帮忙，吴小正哪里舍得把吴兰一个人放在家里，便以休息三个月为由不去工作。

吴兰知道吴小正离不开自己，才劝他外出工作。

两个人无事可做时，吴兰就以无聊为借口，让吴小正给她讲平江机械厂的事情。

吴小正已经讲了很多平江机械厂的事情，也没有出现什么麻烦，渐渐放松警惕，不但把平江机械厂秘密生产漂流水雷的事情讲出来，还画出厂区各个车间的草图。

金沙经常到吴兰家里来，每次都携带吴小正喜欢的东西。

金沙每次来，坐半小时就走，从不影响小两口的二人世界生活。

金沙还有一个好习惯，一旦吴小正提及平江机械厂的事情，她都会及时制止，并叮嘱吴小正遵守纪律，不要给他找麻烦。

金沙越这样做，吴小正越信任吴兰。只要吴兰愿意听，他就愿意讲。

吴小正以为自己可以依靠积蓄，拥着美人幸福地生活下去，不料他的生活突然发生了重大变故。

有一天，吴小正与吴兰逛街回来，发现家里一片狼藉，好像被盗了。

吴小正检查后发现，家里所有银圆、法币及所有值钱的物件都被人偷走了。

就在吴小正恍惚之间，吴厝跑来告诉吴小正，家里失火，烧得连个纸片都没剩下。

以前衣食无忧的吴家爷俩儿，现在却为下顿饭吃什么发愁了。

以前幸福满足的吴兰，只好哭哭啼啼地回到国泰歌舞厅上班。吴兰去那种地方上班，吴小正肯定不放心，但家里生活无以为继，他只能忍痛应许。

一无所有的吴厝，急火攻心，一病不起，含恨离世。

吴小正出去找工作，却因他相貌丑陋无人敢用。

人在顺境中，可以忽略，可以忘记，可以大度；一旦陷入逆境，以前所有不如意的事情都想起来了。

吴小正现在最恨两个人，一个是偷走他所有积蓄的贼，一个是让他失业的陈厂长。他觉得，他所有的不幸，都是这两个人强加到他头上的。

最让他无法忍受的是，他凌晨去接吴兰回家，连黄包车的车费都付不起。

吴兰也以此为由不回家。

一天下午，金沙来到吴小正家里。看到他家里的惨状，不胜唏嘘，为苦命表妹的苦日子掉眼泪。

“小正，你必须想办法，不能让吴兰跟你过这种吃上顿没下顿的日子了。”金沙对躺在床上的吴小正说。

“表姐，什么法子我都想过了，就是找不到赚钱的门路。”吴小正哭丧着脸说。

金沙自言自语：“唉，你们的苦难，都是陈厂长带来的。当初他要是同意你和吴兰结婚，能有这么多烂事儿吗？你和吴兰结婚这么久，你发现她有什么问题吗？她就是穷人家孩子，除了吃饱穿暖，还能惦记什么？唉，我就想不明白，那些有钱有权的人，为什么如此难为穷人呢！这不是把穷人往死路上逼嘛！”

吴小正靠着床头板，直瞪瞪地望着天花板。

“吴兰经常在我面前哭诉，她实在受不了这种苦日子了。没结婚时，还有些人点她陪酒，赚些小费。那些人得知她结婚后，都不找她陪酒了。为了多赚一些钱，她连打扫厕所的活儿都揽下来了。”

吴小正听到这里，脑海里浮现出吴兰打扫厕所的画面，痛苦地抱着脑袋吼道：“不要说了，不要说了！”

吴兰答应嫁给他那天，他就暗暗发誓，一定让吴兰成为重庆最幸福的女人。没想到，为了养活他，漂亮的吴兰居然能做这种低贱的工作。

他翻身下床，跪在金沙面前，哀求道："表姐，你的人脉广，能不能动用你的关系，给我找一个赚钱的门路？我求求你了！"

金沙盯着吴小正的眼睛。

吴小正把头磕得"咚咚"作响。

金沙把吴小正扶起来，缓声说道："小正，我这里确实有一个赚大钱的门路，但是比较危险——唉，算了吧，我可不希望看到吴兰守寡。"

吴小正满眼幽怨地说："还有什么比贫穷更危险呢？表姐，不瞒你说，如果我不是舍不得吴兰，早就跳到江里去了。我连死都不怕，还能怕什么呢？"

"既然你想干，我和那个朋友商量一下吧。他还未必能答应呢！"

吴小正大声哀求道："表姐，你无论如何都要为我争取一下，我实在不想看到吴兰受苦、受辱了！"

第二天，金沙来到吴小正家。

吴小正像见到救星一样，不等金沙坐稳，就急切地问道："表姐，怎么样？你的朋友答应让我做了吗？"

金沙盯着吴小正，沉思半晌，没有说话。

吴小正略感失望，失声喊道："他为什么不让我做？我什么都能做，什么都敢做！"

金沙叹了一口气："唉，我觉得这件事挺难的，都不知道怎么对你说了。我这个朋友，也谈不上朋友。他经常去国泰歌舞厅喝酒，我们就认识了。我们只能说认识，没有深交。前几天他喝醉酒，跟我说了一件事——"

"他说什么了？"

"他说，国民政府有一个很肥的项目，好像生产军队使用的东西。他为了拿到这个项目，上下打点，花了不少钱，没想到被你一直痛恨的陈厂长动用关系截和了。他找陈厂长理论，结果被陈厂长的手下暴打一顿。一个月前，陈厂长还派人炸毁他投资的照相馆。"

"是不是钱永照相馆？"吴小正瞪大眼睛。

"你怎么知道？"金沙诧异地问。

"以前我经常去钱永照相馆照相。有一次我去钱永照相馆取照片，发现那里被人炸毁了。好在钱永没在照相馆里，不然也被炸死了。唉，真没想到，陈厂长居然这么黑、这么狠。钱永是不是想报复陈厂长？"

"钱永与陈厂长无冤无仇，却遭到陈厂长如此迫害，钱永当然咽不下这口窝囊气。他想以牙还牙，炸毁陈厂长的平江机械厂。可惜平江机械厂戒备森严，任何人都无法靠近。钱永问我认不认熟悉平江机械厂的人。我说我认识一个在平江机械厂工作十二年的人，但是被辞退了。钱永说，只要你告诉他如何能炸毁平江机械厂，他愿意出这个数！”金沙说完，竖起食指。

吴小正眼睛放光：“十块银圆？”

金沙摇摇食指：“一百块银圆！”

吴小正相信了“否极泰来”这句话。

这几天，他一直觉得，自己所有的苦难，都是陈厂长不批准他与吴兰结婚引起的，害得他现在活得人不像人、鬼不像鬼，就琢磨如何报复陈厂长，怎奈他根本接触不到陈厂长，没有以命相搏的机会。

现在，钱永把发财、复仇的好机会送到他面前，他自然不会放过。

“我干，必须干！”吴小正愤愤地说。

金沙说：“钱永说，帮他想办法，给一百块银圆；替他炸毁平江机械厂，给二百块银圆。我建议你帮他想想办法，不要参与太深，因为我不想看到吴兰年纪轻轻就守寡。”

吴小正感动得要哭了：“表姐，你对我和吴兰太好了，我都不知道怎么感谢你了。我发誓，只要我翻过身来，一定加倍报答你的恩情！”

“你先赚到这笔钱再说吧。我们在什么地方见钱永合适？”

“平江机械厂后面的江边。”

金沙打公用电话通知钱永后，驾车载着吴小正来到平江机械厂后面的嘉陵江边。

钱永早就到了。他上前拍了拍吴小正的肩膀：“兄弟，我们共同的仇人让我们以这种方式见面了。我们能不能报仇，就看你的表现了。”

吴小正指指前面：“我们往前走。”

他们来到长满树木的山坡下。吴小正蹲下身子，四下看了看，拨开脚下的杂草，找到一条深不见底的缝隙。

金沙和钱永对视一眼，一起盯着那条缝隙。

吴小正说：“这里看上去是山坡，其实是通往平江机械厂漂流水雷生产车间的秘密通道口。下面有两条铁轨，铁轨上可以通行特制加厚钢板制成的巨大滑车，滑车上堆满黑土，也就是我们面前的山坡。秘密通道开启时，需要用拖船拖走这个山坡，通道口就会露出来，运载漂流水雷的舢板从车间里直接驶到货轮旁边。这里只有运送漂流水雷时戒严，平时没有人值守。如果我们从这里潜入，只需少量炸药，就能引发生产漂流水雷的车间殉爆，轻松炸毁整个平江机械厂。”

钱永点点头：“可行！”

金沙冲吴小正点点头：“可行！”

钱永突然掏出匕首，在毫无防备的吴小正脖颈上狠狠一划，便割断了吴小正的颈动脉和气管。不等吴小正的身体栽倒，钱永抬腿把吴小正的身体踹到江中。

金沙望着江中吴小正的身体，摇摇头："死后还要喂鱼，太惨了。如果他早点儿把这个秘密告诉吴兰，也许是另一种死法。"

钱永说："支那人就是卑贱！如果我们不烧毁他爹的房子，不拿走他家的钱财，他也不会如此痛快地配合我们。"

在山坡顶上的一棵枝叶茂盛的黄桷树上，练刚举着望远镜，把金沙、钱永和吴小正刚才的一举一动，看得一清二楚。

金沙回到国泰歌舞厅，径直进入孙大金的办公室，冲坐在办公桌后面老板椅上的孙大金点点头。

孙大金冲金沙竖起大拇指，然后把他根据吴小正画的那些草图，画出来的平江机械厂完整平面图摊到办公桌上。

金沙拿起直尺在平面图上反复量了几次，最后标出平江机械厂秘密通道口的位置："就在这里，非常隐蔽，不知情者很难发现。"

孙大金说："事不宜迟，立即通知各组成员开会，分派任务。"他刚拿起电话手柄，却被金沙制止。

金沙说："我们的电话，很可能被军统的人监听了。

为了确保安全，我们用闲人传递隐喻信息。”

大战来临之际，国泰歌舞厅里依旧歌舞升平，舒缓的音乐声裹挟着男女打情骂俏的声音，刺激着俊男靓女、达官显贵的神经。

晚上9点半，王敏一身戎装打扮，嘴上贴着小胡子，戴着墨镜进入国泰歌舞厅，坐在一个卡座里，优雅地冲侍应生打了一个响指。

侍应生立即端来一杯红酒。

王敏跷起二郎腿，一边欣赏歌舞，一边扫视各处，寻找金沙的身影。

金沙像幽灵一样，突然出现在王敏身后，把王敏吓了一跳。

金沙挨着王敏坐下，递给王敏一支香烟，然后掏出打火机打了三下，才点燃自己嘴上的香烟，深深吸了一口，向王敏脸上吐了一串烟圈。

王敏把香烟夹着耳朵上，瞥了金沙一眼，举杯喝尽杯中酒，起身离去。

金沙望着王敏离去的身影，脸上露出鄙夷的神色。

王敏离开国泰歌舞厅，穿过马路往前行走一百米，再穿过马路，往回走了一百米……如此绕行三次，见没有人跟踪，才钻进路边的一辆轿车里。

练刚一身司机打扮，上身附在方向盘上，密切地关注着四周。待王敏坐好，练刚慢慢发动轿车，向前驶去。

来到无人的地方，练刚靠路边停车。

王敏把一支香烟递给练刚，指指香烟的后半段。

练刚拿出一张白纸铺在副驾驶位子上，轻轻地把烟丝捻出一半，一个纸团掉出来。他小心翼翼地展开纸团，见上面只画着一个方形石头和一个用短线构成的狼头。他数了一下短线，共十条。

练刚把香烟复原，交给王敏。

王敏很知趣，什么都没问，把香烟夹在耳朵上，下车改乘黄包车，来到一个山坡下。

待黄包车车夫离去，王敏走到山坡上的大黄桷树下的土地庙前，点燃香烟，抽了一半熄灭，把剩下的半截香烟插在香炉里，然后离去。

一小时后，虎来到土地庙的香炉前，取出半截香烟，哼着小曲，向嘉陵江边走去。

虎走到嘉陵江边一艘拖船前站下，学了三声虎啸。

一个跳板从拖船里伸出来。

虎顺着跳板走上拖船，来到驾驶舱前。

驾驶舱内挂了一盏昏暗的马灯，一个人把脑袋探出驾驶舱一半。

虎拍了男人脑袋一下，又顺着跳板走下拖船。

四周安静下来，浪花拍打船舷的声音，显得格外清晰。

拖船下面，嘴里叼着竹管的练刚，把头慢慢露出水面。

三分钟后，练刚悄悄爬上拖船。拖船上全是河沙。他把手插进河沙，触碰到坚硬的东西。

他扒开河沙，看到里面是木板。他把耳朵贴在木板上细听，里面好像有人打麻将。

练刚意识到，拖船是伪装的掩体，下面藏着人。

练刚又检查其他地方，没有发现异常，便潜入江中，游离拖船，确认安全后上岸，直奔老顾的茶馆，把他侦知的情况告诉王战等人。

经过商议，他们决定明天清晨化装成乞丐，查看那艘拖船。

第二天清晨，练刚、王战等人化装成乞丐，来到江边，却找不到那艘拖船。

他们凑到一起研究。练刚认为，昨天夜里金沙让王敏传递的纸条上，有一个方形石头和一个用十条短线构成的狼头。方形石头，应该暗指那个石屋，十条短线构成的狼头，应该是晚上 10 点钟见狼头。

王战问："为什么不是上午 10 点钟呢？"

练刚轻拍王战的后脑：“狼能上午 10 点钟出来活动吗？”他扫视其他人，“你们分头行动，今天晚上 8 点钟，在石屋前大街对面左边两百米的地方集合，等我消息。”

晚上 8 点钟，练刚与王战等人会合。他们分成两组，在石屋前后监视，摸清石屋前后明岗暗哨的位置。

王战告诉练刚，这里与前几天不一样了，增设了两个明岗、两个暗哨。

“这说明，他们这次要采取重要行动了。”练刚拿出五个小瓶五条小毛巾，“这是陈厂长提供的乙醚，用它润湿毛巾后捂在那些岗哨口鼻处，他们就能昏睡一段时间。”

王战和“啄木鸟小组”成员，很快就学会了乙醚的使用方法。

晚上 9 点钟，潜伏在江边的“啄木鸟小组”成员发现，一艘拖船靠岸，虎、蛇、鼠、虫从驾驶舱里走出来，分批进入石屋。

拖船又隐入江面深处。

晚上 9 点 50 分，练刚发现，孙大金和金沙驾驶轿车来到石屋前，下车后也进入石屋。

王战和“啄木鸟小组”成员分别摸到两个明岗、两个暗哨身边，用乙醚将他们迷倒。然后，练刚等人搭人梯爬上石屋顶，每个人手脚相连，组成人体链条，从窗帘上面的缝隙向石屋内探视。

石屋内，金沙、孙大金给虎、蛇、鼠、虫开会。

孙大金说：“经过特派员运筹帷幄，我们终于找到了平江机械厂秘密通道入口。从那里我们可以秘密潜入漂流水雷的生产车间。只要我们把少量炸药放在车间内存放炸药的地方，就能一举炸毁平江机械厂！下面，请特派员布置任务。”

金沙冷冷地扫视众人：“武士们，记住，我们只有一次机会，只许成功，不能失败。狼组组长负责全权指挥，你们无条件服从他的调遣。”

她走到孙大金面前，把手搭在孙大金肩膀上：“狼组组长，你在拖船上全权指挥各组行动。”

她移步到虎面前，拍了拍虎的脸颊：“虎组组长，你的小组负责驾驶拖船，拖拽平江机械厂秘密通道的暗门。”

她走到蛇面前，抚摸蛇坚实的胸脯：“蛇组组长，你的小组，每人携带一挺冲锋枪、十个满弹弹夹，率先进入暗门消灭所有出现在你们面前的人。”

她走到鼠面前，揽着鼠的腰：“鼠组组长，你的小组负责在漂流水雷车间安装定时炸弹和炸药包。”

她把嘴附在虫的耳郭上：“虫组组长，你的小组携带狙击步枪驾驶充气艇在拖船附近游弋，凡是靠近拖船者，杀无赦。”

她布置完任务，大声喊道："武士们，我们效忠天皇的伟大时刻到了！你们——记住自己的任务没有？"

虎、蛇、鼠、虫一起颔首："嗨！为天皇效忠！"

金沙说："明天，我会在这里为诸位备好丰盛的家乡菜和正宗的清酒，等待你们凯旋！你们从现在起，分头做好准备！"

晚上 10 点半，江面上传来马达声。那艘拖船又停靠在岸边。

被乙醚迷倒的四个人，被马达声惊醒，纷纷揉揉眼睛，不由自主地自言自语："怎么就睡着了呢？"他们都向左右前后看了看，不再言语。

值岗期间睡觉是死罪，他们绝对不敢向孙大金汇报，自己在值岗期间睡着了。

换上工装的虎、蛇、鼠、虫和两个明岗、两个暗哨登上拖船后，拖船向嘉陵江上游驶去。

孙大金和金沙驾车离去。

练刚、王战和"啄木鸟小组"成员爬下石屋。练刚把金沙的部署向王战等人复述一遍，命王战速去向李贞汇报，请上级提供支援。

练刚回到平江机械厂，召集陈厂长、程岩、警备队队长、军统督导组组长开会，汇报孙大金、金沙等日本特务要炸毁漂流水雷生产车间的计划。

随后，练刚提出了他的应对策略，让众人分头准备。

第十四章
密道休止符

国泰歌舞厅发布公告：为了庆祝国泰歌舞厅成立十周年，答谢新老顾客，今晚红酒五折，啤酒、茶水、汽水免费供应。

孙大金命人给经常到国泰歌舞厅消费的顾客打电话，邀请他们参加店庆，且强调不收任何人礼物。

天下还有此等好事，凡是接到邀请的人都表示按时到场。

国泰歌舞厅的员工，从早上就开始准备，在门口摆满桌椅，各种酒水堆积成山。

以前，国泰歌舞厅晚上 8 点钟才营业，今天提前到傍晚 6 点钟营业。凡是接到电话邀请的顾客，在店内卡座就座；其他人则坐店外的散座。

歌舞过后，孙大金、金沙分别致辞，然后逐桌敬酒，劝来宾今晚尽情喝酒尽情舞。店内店外敬完酒，孙大金已呈醉酒状态，走路踉踉跄跄，站立不稳。

他们最后又来到警察局局长的卡座，孙大金口齿不清地再次敬酒。警察局局长刚想举杯，孙大金一头栽倒在地，不省人事。

警察局局长等人架起孙大金，把他送到办公室休息。

半小时后，孙大金走到窗前，把窗帘扯出一道缝隙，悄悄往外观看。然后，他转身进入密室，换上短衣，背着大包离开办公室，从一楼贮藏室窗口跳出去。

孙大金敬酒时，金沙托着装满凉白开的酒瓶跟在他身后，他喝的都是凉白开。

马四悄悄出现在贮藏室门口，目送孙大金跳窗离去。他迅速从正门离开国泰歌舞厅，进入公用电话亭，拨通一个电话。

孙大金乘坐黄包车来到江边，再乘坐虫驾驶的充气艇来到北碚，登上拖船检查一番，又乘坐充气艇来到距离平江机械厂半公里的拐弯处停下。

拖船缓慢地向平江机械厂方向靠拢。

虫组组员，驾驶三个充气艇，在拖船周围三公里的江面上游弋了两个小时，没有发现异常，便向孙大金和虫汇报一切正常。

晚上 11 点钟，孙大金登上虎驾驶的拖船，命令虫组成员，驾驶三个充气艇在附近警戒。

拖船慢慢停靠在平江机械厂秘密通道入口处。虎组成员携带水鬼的设备潜入江中，找到暗门的拖钩，用钢丝绳将其与拖船连接。

虎驾驶拖船毫不费力地把山坡状的暗门拖到距离岸边二十米的江中。

蛇带领蛇组组员，每人携带一挺冲锋枪、十个满弹弹夹。他们分成两组，把拖船上的两个舢板放到江中，然后分别乘坐舢板进入暗门。

蛇组组员来到铁栅栏门前。蛇拿起超大号铁钳，剪断铁栅栏门上的大锁，推开铁栅栏门，进入秘密通道。

秘密通道又宽又长，貌似一眼望不到头。

蛇组组员手持冲锋枪，密切注视前后左右，慢慢地沿着秘密通道划动舢板。

他们前行五十米后，身后突然传来“哗啦”一声巨响。他们扭头察看，顿时吓得六神无主。不知道为什么，他们身后的秘密通道，突然被“巨石”封死了。

原来，这里有一道前后均用岩石板伪装的铁门。铁门从秘密通道顶部落下，就能截断通往嘉陵江的去路。

蛇把冲锋枪枪口对准伪装的铁门，射出一梭子子弹。弹头射在坚硬的岩石板上，只见火花四溅，碎石乱飞。

“加速往前冲！”蛇调转冲锋枪枪口，盲目地向前方胡乱扫射。

秘密通道两边，各伸出三挺冲锋枪，一起向舢板射击。

毫无防备的蛇组组员，全部中弹身亡。

孙大金听见秘密通道里传出轻微的枪声，认为蛇组得手，挥手示意鼠组组员携带定时炸弹和炸药包进入。

鼠组组员乘坐两个舢板，小心翼翼地进入秘密通道。

他们行进七八十米后，既没有看到蛇组组员，也没有找到漂流水雷生产车间。

就在他们停下舢板左右观望时，秘密通道上方突然传来“咔吧”一声巨响，一股巨大水流喷涌而下，重重砸在两个舢板上。

两个舢板被水流砸翻，上面的定时炸弹、炸药包全部掉到水里。

惊慌失措的鼠组组员扒着舢板，拼命地往回游。

伴随清晰的点射声，鼠组组员如同被逐一点名一般，一个接一个地头部中弹，沉入水下。

孙大金和虎组组员守在拖船上，静候巨大的爆炸声。

程岩和四个警备队队员趴在山坡上，他们面前架着一门迫击炮。

程岩见厂区内红旗摇动，便竖起大拇指，测量出迫击炮与江上拖船的距离，迅速调整好迫击炮的射击角度。

一个警备队队员把炮弹放进炮管内。

炮弹飞出，不偏不倚地落在拖船上爆炸，把四个虎组组员炸到江里。

训练有素的孙大金，一个鱼跃，从驾驶舱跳进江里。

又有一颗炮弹落在拖船驾驶舱舱顶，舱篷和虫的尸体，随着黄烟滚落到江中。

埋伏在五公里外的平江机械厂警备队队员，听到爆炸声，驾驶巡逻艇从四面八方围拢过来，纷纷向负责警戒的虫组组员驾驶的充气艇开枪。

虫和他的组员见拖船被炸，就意识到大势已去，纷纷弃艇投江。怎奈对方艇多人多枪多，不到五分钟，就把虫组组员全部歼灭。

练刚、程岩带人打扫战场，缴获三个充气艇、一艘拖船的残骸、四艘舢板，炸死、击毙二十一人。

练刚逐一检查二十一具尸体，没有发现孙大金，立即派警备队队员驾驶汽艇沿江搜捕。

警备队队员搜索了上下游近二十公里，也没有发现孙大金的踪影。

陈厂长、练刚、程岩、军统督导组组长、警备队队长等人，在会议室召开总结会。

陈厂长喜悦之情溢于言表：“诸位，自从平江机械厂被国民政府征用，生产漂流水雷。全厂两百多名干部职工，加班加点地改造生产线，比原计划提前一个月生产出优质漂流水雷，为国军阻止日寇入渝做出突出贡献。日本特务贼心不死，妄想炸毁平江机械厂。在练刚、程岩建议下，增建两条漂流水雷生产车间至江面的秘密通道，并在每条秘密通道中设置机关。现在看来，两条增建的秘密通道，不但保住了漂流水雷的生产车间，还消灭了潜伏在渝的日本特务有生力量。”他看了军统督导组组长一眼，“给予练刚、程岩重奖。”

没等军统督导组组长说话，练刚插话：“陈厂长谬赞了。如果不是陈厂长一年前开始运筹帷幄，和自己的太太冒着巨大的生命危险，主动接触孙大金，然后逐步下钩，孙大金团伙也不会倾巢而出。我和程岩不过是锦上添花而已，只是提一些建议，具体工作都是平江机械厂干部职工做的。如果一定要奖励，一定先奖励陈厂长和他的职工。”

军统督导组组长对陈厂长、练刚说：“二位就不要过谦了。总之一句话，我们这一仗打得非常漂亮。会后我就上报军统总部戴老板，奖励参与这次特殊战斗的所有人。”

练刚冲军统督导组组长抱拳拱手：“谢谢长官。现在日本特务头子孙大金逃脱，我们怎么办？”

军统督导组组长说：“我们的任务是，确保漂流水雷正常生产。至于孙大金嘛，还是交给军统部门处理吧，我们过多参与不太好。”

陈厂长说：“我宣布一条纪律。我们秘密截杀日本特务的事情，要严格保密，所有人不能说出半个字，包括对自己的家人。如果有人传出去，让职工没有安全感，以军法论处。”

会后，平江机械厂就像什么事都没发生一样，依旧井然有序地生产。

不过，平江机械厂的前后左右、江面、山上，都增设了流动岗哨。

军统督导组组长请示军统总部，接下来的工作如何开展，得到的答复是，平江机械厂的所有人，不得过问孙大金的事情，确保漂流水雷正常生产即可。

孙大金及时跳入江中，趁乱潜到秘密通道入口处，一动不动地待到黎明。

练刚等人想破脑袋也不会想到，孙大金会藏身在最危险的地方。所有人搜遍方圆五公里的地方，就是没有认真检查秘密通道入口。

黎明前，练刚等人反复搜查无果后，只得封好秘密通道入口，返回平江机械厂。

孙大金顺江而下，游出一公里上岸，找到公用电话亭，给金沙打电话。

金沙驾车来到孙大金提供的位置，找到狼狈不堪、近乎虚脱的孙大金，把孙大金接到国泰歌舞厅。他们趁无人之际，从后门悄悄潜入孙大金的办公室。

金沙服侍孙大金洗澡、吃饭。

精气神稍微恢复的孙大金，穿着睡衣，躺在办公室后面的密室里，呆呆地望着书桌上的台灯，不停地唉声叹气。

金沙见孙大金狼狈不堪地独自回来，就意识到这次行动不但失败了，而且损失惨重。她默默地坐在床边，陪伴着孙大金。

一小时后，孙大金起身靠着床头板："平江机械厂好像等着我们送人头一样，让我们的人有去无回，还用重武器炸毁了拖船。我怀疑，肯定有人走漏了消息。在下一次行动前，我们必须把这个人揪出来！"

"你觉得是谁？"金沙问，"我们不惜重金搞个店庆，把经常来店里的人几乎都邀请来了，他们玩到凌晨 2 点才回去，中途没有人离场。那些人眼里只有利益、没有国家，根本不会做那种掉脑袋的事情。"

孙大金貌似自言自语："虎、蛇、鼠、虫以及他们的手下，都是久经考验的帝国武士，他们的忠诚度毋庸置疑。而且，他们在这次秘密行动中已经玉碎了。除了他们，知道这次秘密行动的人还有谁？"

金沙想了想："传递信息的王敏、提供炸药的郑家富、被钱永杀死的吴小正。不过，王敏传递的都是密喻信息，他未必能破解；郑家富原来是共产党员，卖主求荣投靠军统，遭到刺杀后又与我们合作，他的嫌疑最大。”

“这两个人，一个都不能留！”孙大金愤愤地说。

金沙起身踱了几步：“杀人这种事，我们不能亲自动手了。我想想办法，让两个可疑的人自相残杀，效果可能会更好。你这几天就藏在密室内，不许抛头露面，一是躲避风头，二是等我除掉可疑之人。”

夜幕降临，国泰歌舞厅门前依旧车水马龙，热闹非凡，仿佛昨夜中日双方的厮杀，与他们毫无关系。

婵娟接连唱了三首歌后，回到化妆间休息。

她望着镜子中的自己，感觉自己似乎憔悴了很多。

练刚仿佛从人间蒸发一般，在她身边消失好多天了。她已经对练刚产生一种异样的感觉，每天都渴望见到他，见不到他，也想得到他的消息，哪怕是三餐吃什么、心情好不好。

一天听不到练刚的消息，她的心里就会空落落的，什么都不想做。

她给联大历史系教研组打电话，得知练刚只有上课时才会出现在教室里，几乎不去教研组。教研组的人，都不知道他在忙什么。

吴兰唱完歌，走进化妆间，见婵娟望着镜子发呆，就问道："娟姐，是不是想念练刚呢？"

婵娟扭头瞥了吴兰一眼："你还是想想你家吴小正吧！"她开玩笑道，"兰儿，你的命是不是太硬了？你和吴小正结婚不到一个月，他家就家财尽失。吴小正现在找到工作了吗？"

吴兰说："他不找我，我也不找他。他啊，最好死在外面，我也省心了。我们连结婚证都没领，不算结婚吧？"

婵娟点指吴兰："没想到，你的心这么冷、这么硬！"

吴兰挨着婵娟坐下："人心变冷变硬，都是一些人一些事逼迫的。我现在只想攒一笔钱，离开这个该死的城市。"

"谁想离开这座城市啊？"金沙走进化妆间，"现在重庆是陪都，没有比这里更安全的地方了。"

吴兰问金沙："金姐，我好几天没有见到孙总了，他在忙什么呢？"

金沙说："他那天喝多了，半夜难受得不行去医院了。酒醒之后，也不知道他发什么神经，说是厌倦了城市的尔虞我诈，一个人躲到破庙里忏悔去了。"

"他忏悔什么？在哪座庙？"吴兰瞪大眼睛问。

金沙不以为然地说："可能他自觉罪孽深重吧，据说躲到没有香火的陈公庙。至于那座庙在哪里，我也不知道。他不在更好，不然还得像看贼一样看着我们。”

婵娟捂嘴笑道：“孙总能离开美酒美人，我怎么有点儿不敢相信呢？”

“估计那天他把肠子喝断了吧。至于那里有没有美女，我就不知道了。你们聊，我去前面看看。”金沙向婵娟和吴兰挥挥手，起身离去。

说者无心，听者有意。吴兰得知孙大金躲在陈公庙，心里一阵窃喜。原来，今天上午唐勇找到她，让她打听孙大金的下落。

军统总部已经发文，暂时不要触碰孙大金，让唐勇觉得发财的机会来了。他猜测，孙大金肯定做了惊天动地、不可告人的大案，惊动了军统高层，以致军统高层才没有缘由地下发这道命令。

唐勇在军统系统混迹多年，总结出一条经验——凡是高层不让做的事情，都蕴藏着发大财的好机会。

唐勇想私下控制孙大金，待价而沽。

吴兰下班后，通过公用电话告诉唐勇，孙大金藏身陈公庙。

早已得知吴兰与唐勇保持秘密联系的金沙，躲在暗处，望着在公用电话亭里打电话的吴兰，冲吴兰做出射击的手势。

金沙来到国泰歌舞厅，看到王敏穿着戎装坐在最里面的卡座里，慢慢地品着红酒。

她扭动纤细的腰肢，晃动浑圆的臀部，来到王敏面前坐下，冲王敏妩媚一笑。

王敏也向金沙挤挤眼睛。

金沙从坤包里掏出五块银圆放在王敏面前，探出上身，悄声说："重要任务。明天晚上9点钟，你扮成孙总的样子，身穿西装，头戴礼帽，黑纱罩面，在陈公庙等一个人。那个人在晚上11点钟之前到陈公庙，交给你一个重要文件。"

"为什么要我假扮孙总？孙总自己去不是更好吗？"王敏盯着金沙的眼睛。

金沙严肃地说："十周年庆典那天，孙总喝出胃穿孔了。这种现眼的事，能往外说嘛。那个人从上海来的，身份极其特殊。他交给孙总的文件，应该极其重要，你必须把完整的文件交给我。你们的接头暗号是：他问'谁'，你答'孙大金'；他问'怎么证明'时，你就向天上开枪。"

金沙说完，从坤包里掏出一个礼品盒，推到王敏面前。

王敏听完金沙提供的接头暗号，一脸疑惑："这就是普通对话，不像接头暗号，怎么还开枪呢？"

金沙说："连你这样的大学助教都这么认为，说明这才是最好的接头暗号。”

王敏想了想，普通才是最好的伪装嘛，这样设计接头暗号也有一定的道理。他悄悄打开礼品盒，里面有一把南部十四式手枪，还有手写的使用说明。

王敏心中窃喜，却不动声色地点点头。

王敏回到联大宿舍，躺在床上反复琢磨这件事。

联大的师生都瞧不起他，让他都怀疑自己一无是处、百无一用。本以为遇到金沙这个善解人意的红颜知己，帮助他找回为人处世的自信心，没想到金沙却是想吃唐僧肉的白骨精。如果不是练刚把他从罪恶的边缘拉回来，他可能还在做祸国殃民的勾当。

他炸毁钱永的照相馆，为练刚提供几次情报，就向练刚申请加入中共重庆地下组织，成为共产党员。可是，练刚总以各种理由推托。

他冒着生命危险为中共重庆地下组织提供情报，中共重庆地下组织却不让他参加哪怕是普通的会议。他认为，中共重庆地下组织可能不信任他，或者认为他还没有资格加入中共重庆地下组织。

在他看来，练刚和自己一样，也是普通的助教，每天按部就班地授课，协助老教授做研究工作，也没有惊天地、泣鬼神的英雄壮举。

他要用实际行动证明，无论在任何方面，他都比练刚优秀。

现在，金沙给他提供了证明自己的机会。只要自己拿到来自上海、身份极其特殊的人携带的文件，就等于立下大功，那些神龙见首不见尾的共产党员就不敢再小看自己。

如果他向练刚汇报，中共重庆地下组织还会把他排除在外，另外派人抓捕那个来自上海、身份极其特殊的人。他最大的功劳，只是提供情报而已。

想到这里，他决定不再向练刚汇报，自己单独行动。

王敏拿出南部十四式手枪，按照金沙手书的说明，反复拆卸组装多次，掌握了使用方法。他给组装好的南部十四式手枪里装上弹夹，对着窗户做出射击的动作。

第二天晚上 8 点钟，王敏一身西装革履打扮，来到陈公庙。

陈公庙，是明代百姓为了纪念陈姓知县而建，是一座孤院孤庙，现在已经破败不堪。

王敏绕着院子转了几圈，没有发现人影。他进入院子，在庙前庙后检查一番，也没有发现异样情况，就站在庙前等待。

晚上 9 点整，身穿黑色风衣、头戴礼帽的唐勇走进陈公庙。

他见王敏站在庙前，低声问道：“谁？”

王敏低声说：“孙大金！”

唐勇愣了一下，他怎么都没有想到，孙大金竟然如此直截了当。他顺口补了一句："怎么证明？"

王敏举起南部十四式手枪，向天空开了一枪。

王敏突然开枪，吓得唐勇做出习惯性躲避动作，一个侧滚翻，滚出三米，然后拔枪向王敏连开三枪。

王敏直挺挺地摔倒在地。

唐勇慢慢起身，持枪靠近王敏，摸了摸王敏的颈动脉，确认王敏死后，掏出打火机，照看王敏的脸。

被他杀死的人，不是孙大金。

唐勇意识到自己可能上当了，当即把王敏的南部十四式手枪别在腰里，清除他在现场留下的所有痕迹。

巡警巡街时，接到乞丐报告，陈公庙院内有一具尸体。

在重庆任何地方，发现尸体都是非常正常的事情，有黑帮火并被杀死的，有讨不到食物饿死的，还有车祸撞死的，巡警对此见怪不怪。能核实身份的死者，通知家属处理；无法核实死者身份的，按死者倒霉处理，随便找个地方埋了。

巡警来到陈公庙，发现王敏的身上已经被乞丐翻过几遍了，除了联大的工作证，任何能换钱的东西都没有了。

巡警通知联大校办，让他们联系王敏的家属到陈公庙领尸。

朱校长派丁广福把王敏的尸体领回去，安排医学院的教授验尸，确认王敏的死因。

朱校长得知王敏死于枪击，觉得不可思议，就召集联大党支部党员开会分析讨论。李贞列席。

练刚看完王敏身上三个弹孔的照片，分析道："依照弹孔分析，极有可能是近距离射杀。难道是金沙发现王敏为我们提供情报，要杀人灭口？"

朱校长说："现在还不能轻易下结论。王敏出现在荒凉破败的陈公庙，肯定是去见什么人，或者取什么东西。听说孙大金消失了，他是不是去见孙大金，或者给孙大金送东西？"

练刚分析道："以孙大金为首的日本特务组织，在平江机械厂遭到重创，孙大金至今下落不明。我判断，孙大金不会就此作罢。王敏曾经为我们提供过孙大金的密喻情报，肯定会被孙大金怀疑，被孙大金杀害也是有可能的。"

李贞说："我们现在最应该做的，就是秘密查找孙大金的下落。丧心病狂的孙大金存活一天，就是对重庆百姓、对我们最大的威胁。有一点我实在想不明白，军统方面明知道孙大金是日本特务，为什么还不通缉抓捕呢，为什么还允许国泰歌舞厅照常营业呢？"

练刚说："事出反常必有妖。王敏的死，提醒我们必须小心行事，不能做无谓的牺牲。”

最后，朱校长宣布，所有联大党支部党员，都要通过自己的渠道，秘密寻找孙大金的下落。

第十五章
剧终幕未落

婵娟起床时，唐勇已经为她准备好早点。

婵娟认为，唐勇好几天没有回家了，今天突然出现，肯定要给她布置任务。但是，她没有主动询问，对唐勇说几句感谢话之后，便埋头吃早点。

唐勇坐到婵娟对面：“最近你们舞厅生意怎么样？”

“有美酒，有美女，有钱人的销金窟嘛，生意异常火爆。”婵娟随口说道。

“你们的孙总——最近对你怎么样？”唐勇盯着婵娟的眼睛问。

婵娟见唐勇问及孙大金，抬起头，触及唐勇的目光。唐勇并没有躲避，依旧死死地盯着婵娟。

婵娟迅速低下头，轻声说道：“我好几天没有见到孙总了，也不知道他在忙什么。唉，我只是一个小歌女，距离老板十万八千里。只要他按时给我发薪水，我才懒得关心他在哪里呢。”

“你想办法联系孙大金，有人想与他谈一笔生意。”唐勇把一张名片放在婵娟面前，“晚上9点钟，让孙大金拨打名片上的电话。”

婵娟拿起名片一看，上面的名字竟然是郑家富。

她收起名片，点点头，依旧埋头吃早点。

唐勇起身离去。

婵娟不敢耽搁，立即给练刚打电话，把唐勇给她布置的任务讲述一遍，并询问她接下来怎么办。

练刚让婵娟先和李秀商量，再把郑家富想与孙大金见面的事情告诉金沙。

婵娟来到孤儿院，见到李秀，把练刚的安排讲述一遍。

李秀对此表示怀疑，心想：“郑家富做了那么多亏心事，害怕遭到报应，整天龟缩在军统重庆站不出来，现在怎么突然要见已经明牌的日本特务头子孙大金呢？”

婵娟见李秀沉思不语，自言自语地说道：“是不是军统以郑家富做诱饵，利用他们见面的机会抓捕孙大金？”

李秀摇摇头：“我们不能以正常人的思维推理军统那群人的所作所为。这里是重庆，不是上海。军统重庆站高层都知道孙大金是日本特务头子，完全可以派重兵包围国泰歌舞厅，直接逮捕孙大金，为什么还以郑家富为诱饵呢？放长线钓大鱼的理由，我无法接受。孙大金这种败类，多留一天都能害死很多无辜的人。”

婵娟说：“郑家富乃三姓家奴，有奶就是娘。我觉得，他应该是奉军统高层的命令约见孙大金，不可能是诱捕，而是有着不可告人的目的。”

李秀说：“我也是这么想的。他们到底想做什么，我们无法猜测，只能见招拆招。我们随时保持联系，我在暗中协助你，找机会除掉郑家富。”

婵娟辞别李秀，满腹心事地回到棉花街。她想好好补觉，怎奈睡不着，折腾到傍晚，提前来到国泰歌舞厅。

她径直来到孙大金的办公室，敲了三次门，里面也没有人回应。

她来到化妆间，见金沙慢条斯理地化妆，就支支吾吾地问：“金姐，你知道孙总在哪里吗？”

金沙瞟了婵娟一眼：“我也想知道他在哪里。你找他有事？”

婵娟从坤包里掏出名片放到金沙的梳妆台上：“唐勇，你认识吧？他让我把这张名片交给孙总，让孙总晚上 9 点钟拨打名片上的电话。”

金沙拿起名片：“郑家富？”她想了想，“我找不到孙总，怎么让他打电话？我试试吧，实在联系不上孙总，我也没办法。”

晚上8点40分，婵娟唱完歌走下舞台，侍应生通知她到吧台接电话。

她拿起电话手柄，听见孙大金的声音：“你替我打那个电话。对方如有要求，你代我落实。这是命令，无条件执行！”

不等婵娟说话，听筒里就传出阵阵忙音。

这个电话，只能证明孙大金还活着。至于孙大金为何让她给郑家富打电话，她实在想不明白。

女扮男装的李秀，坐在角落里，密切注视着婵娟。

9点钟，婵娟拨通名片上的电话。

话筒里传出一个冷冰冰的声音：“出门坐2451号黄包车。”那人说完就挂断电话。

婵娟走到门口，一眼看到2451号黄包车。她径直坐上去，黄包车车夫也不说话，拉起黄包车径直往前跑。

李秀迅速坐上另一辆黄包车，跟随婵娟乘坐的黄包车。

两辆黄包车走出一公里后，婵娟乘坐的黄包车停在一辆黑色轿车前。

黑色轿车后车门打开，钻出两个人，把婵娟塞进轿车内。黑色轿车弹射出去，几秒钟就驶出李秀的视野。

李秀无法跟踪黑色轿车，就坐黄包车前行半公里，在一个公用电话亭前下车，给练刚打电话，汇报婵娟的遭遇。

练刚判断，婵娟暂时不会有危险，让李秀到国泰歌舞厅等候。如果婵娟零点没有回来，再给他打电话；如果婵娟零点回来，就不用给他打电话。

李秀悻悻地回到国泰歌舞厅。

黑色轿车来到朝天门码头转了两圈，轿车上的两个人又让婵娟下车改坐滑竿。

婵娟坐着滑竿走出五百米，又改坐黄包车，再改坐轿车，最后来到国泰歌舞厅附近的茶楼。她刚走进茶楼，吧台侍应生就迎上来，问道："你是婵娟小姐吧？二楼赤壁包间，有位先生等你。"

婵娟来到赤壁包间门口，刚想敲门，门便打开了，门口出现一个戴礼帽、墨镜的黑衣中年男人。

婵娟很紧张，咬牙装出淡定的样子，径直走到椅子前坐下，拿起茶壶倒了一杯茶，一饮而尽。

黑衣男人坐在婵娟对面，上下打量婵娟："孙大金怎么没来？"

"他和你一样胆小，经不起你这么折腾。"婵娟也盯着黑衣男人，"我只是孙大金的员工，只能跑腿带闲话。如果你有重要的话想对孙大金说，请你另想办法。”

黑衣男人笑了：“哈哈，这是我意料之中的事情。你给孙大金带句话，我要与他做笔买卖，条件是，我能实现他的最大愿望。如果他愿意，明天下午 5 点钟，让他去永安堂药店找东家谈。”

婵娟问：“孙总要是问我，谁把这个消息告诉我的，我应该怎么说？”

“毛仁奉！”黑衣男人说完，不等婵娟反应过来，就起身走出去。

婵娟来到窗前，掀开窗帘，看见黑衣男人钻进黑色轿车离去。

婵娟呆呆地站在窗前，自言自语：“他——就是人们口中的活阎王——毛仁奉？他要与孙大金做什么买卖？”

婵娟木讷地回到国泰歌舞厅，里面的顾客差不多走光了，只有几个酒鬼还在卡座里喝酒吹牛。

女装打扮的李秀与金沙坐在靠近门口的卡座里相谈甚欢。

金沙见婵娟进来，对李秀说：“我让婵娟出去办点事，我问问她办得怎么样了。等我问完，就让她过来见你。”

李秀换上女装返回国泰歌舞厅，进门就向金沙打听婵娟在不在。金沙说，婵娟出去为她办私事，今晚不一定回来，但一定会给她打电话。

金沙把婵娟带到二楼楼梯拐角处，婵娟如实讲述了她今晚的经历。

金沙却叮嘱道："毛仁奉是活阎王，他叫你三更死，没有人敢留你活到五更天。今天的事情，你必须烂在肚子里，对谁都不能说，否则你肯定横尸街头。去吧，李秀在楼下等你呢。"

婵娟点了两杯啤酒，让侍应生送到李秀所在的卡座。她们假装聊了一些闲话，然后一起离开国泰歌舞厅。

国泰歌舞厅打烊后，金沙才来到三楼楼梯口，足足站了十分钟，才进入孙大金的办公室。

密室中，金沙把婵娟的经历复述一遍。

"毛仁奉想见我？"孙大金低头踱步，"我知道他想和我做什么买卖了。"

金沙问："你最大的愿望是什么？"

孙大金说："我们一起平安回到东京。"

金沙说："你觉得我们还能活着回到东京吗？平江机械厂一役，由于我们指挥不当，中了支那人的圈套，折损二十一位帝国隐蔽战线精英。我猜想，过一段时间，上海总部就会派人来到重庆追责。让我们剖腹自杀，都是天皇的恩赐。"

孙大金摇摇头："昭和元年（1926），我来到支那，在长春、上海、武汉工作过，最后奉命来到重庆，其中忍受的苦楚，只有我自己知道。说句大不敬的话，与支那这场战争，我们已毫无胜算，失败是迟早的事情。你我虽然自以为是天皇子民、大和武士，其实在这场战争中，不过是两捧炮灰而已。”

金沙厉声喝道：“你——怯弱了！战争的结果，不是帝国军人思考的问题。我们唯一能做的，就是听从天皇的召唤，为天皇的圣命付出一切！”

孙大金瞪着血红的眼睛，低声说道：“幸子，我把你当作朋友、红颜知己，才与你说这些话。这几天，我躲在这里，不得不思考这些问题。你——与我一起离开重庆吧，不然这里就是埋葬我们的坟墓！”

两个人同时陷入沉默中。

半晌之后，金沙眼含泪水说道：“我们可以离开重庆，但是我们临走之间，必须做掉郑家富和毛仁奉！”

李秀把婵娟带到毛仁奉给她设置的安全屋。

“这是哪里？”婵娟进入小院子后，四下打量。

“这是毛仁奉单独约见我的地方，非常安全。”李秀像到自家一样，把婵娟带到卧室，“今天我们敞开心扉地聊个通宵吧。”

“毛仁奉知道我来这里，不会杀了我吧？”婵娟迟疑地坐在梳妆台前的凳子上。

“毛仁奉，现在正在琢磨如何与孙大金做买卖呢，哪有心思惦记你！”李秀坐在床沿上，盯着婵娟，“你有做特工的潜质。今天毛仁奉的一顿折腾，换作一般女人，早就吓尿了。我实在没想到，你竟然能如此冷静。”

婵娟摇摇头：“我哪里经历过这种阵仗，说不害怕，都是假的！我有一点想不明白，孙大金为何安排我做这件事呢？”

李秀说：“因为孙大金不在乎你的死活啊。如果这是毛仁奉挖的坑，用你去填，孙大金能有什么损失？”

婵娟点点头，同意李秀的分析：“既然毛仁奉准备在国泰歌舞厅附近约见孙大金，为什么还要这么折腾呢？”

“如果你是孙大金，你会想到毛仁奉在你家门口约见你吗？说实在的，这个地点，正常人都不会想到。他之所以如此折腾你，就是防止有人跟踪你。我不是也被他们甩掉了嘛！”

婵娟感叹道：“怪不得毛仁奉能做特务头子，他的心思，别人根本无法猜测。我们接下来怎么办？”

“明天我把练刚约到这里，他一定有应对的办法。”

第二天，李秀打电话把练刚约到安全屋。

练刚听完婵娟的描述、李秀的分析，思索了一会儿，就想出了应对的办法。

练刚回到老顾的茶馆，让王战、程岩和两个“啄木鸟小组”成员化装成黄包车车夫、买药的百姓、游商小贩，提前到永安堂药店侦察。

下午 4 点钟，练刚驾车来到永安堂药店门口，化装成游商小贩的王战用手势告诉练刚，这里一切正常，孙大金还没有出现。

下午 4 点 50 分，郑家富带领六个特务，乘坐两辆轿车来到永安堂药店门口。四个特务下车巡视一番后，郑家富才在另外四个特务的保护下进入药店。

一个特务把一辆轿车开到永安堂药店后门。

下午 5 点钟，一身中山装、教书先生打扮的钱永乘坐黄包车来到永安堂药店。他在门口转了两圈才走进药店，径直来到柜台前，对掌柜说：“我买一根东洋参，要你们老板亲自给我包。”

郑家富从里面走出来，上下打量钱永：“你家病人没有来，我不知道怎么包。”

钱永见郑家富露面，微微一笑：“呦，能见到郑老板一面，真不容易啊。郑老板，我家病人病重，要不你亲自问问病人？”

郑家富冲站在门口的两个特务努努嘴：“客人尊贵，提供全方位服务！”

两个特务一左一右夹着钱永，钻进门口的那辆轿车。

郑家富站在窗前，目送押解钱永的轿车离去后，迅速来到后院。

两个特务保护着郑家富，走向停在后门口的轿车。

一个特务刚拉开后车门，伴随轻微的响声，一颗弹头便钻入特务的额头。

郑家富见面前的特务倒地，刚想往后门内跑，一颗弹头便钻入他的后脑。

几乎就在同时，另一个特务也中弹身亡。

李秀从轿车里钻出来，提着装有消声器的手枪，走到郑家富身边，翻过郑家富的尸体，又向胸口补了两枪。

程岩和一个“啄木鸟小组”成员，迅速从轿车内下来，把郑家富和两个特务的尸体拖进永安堂药店后门，然后驾驶李秀的轿车直奔前门。

李秀驾驶郑家富的轿车，跟随程岩驾驶的轿车。

载着钱永的轿车，行驶速度并不快，貌似再等什么人。

王战驾车，载着练刚，悄悄跟踪载着钱永的轿车。

四辆轿车，保持着一定的距离。

行驶一段路程后，练刚换到李秀驾驶的郑家富的轿车上，然后追上钱永乘坐的轿车。

钱永乘坐的轿车开始提速，快速向前行驶到一个公交车站停下。钱永向坐在地上戴着破草帽的老头招招手，老头敏捷地钻进轿车。

老头，就是孙大金装扮的。

孙大金进入轿车内，问钱永："见到郑家富了吗？"

"见到了。"钱永指指后视镜，"他们说郑家富在后面的车里。"

载着孙大金和钱永的轿车来到玄坛庙码头。

唐勇站在一艘汽艇上，看了看轿车的车牌，示意他身边的两个特务上岸，迎接孙大金。

轿车上的特务指指汽艇，示意孙大金下车登上汽艇。

钱永想和孙大金一起下车，他身边的特务按住他的肩膀，示意只允许孙大金下车。

孙大金走到唐勇派来的两个特务面前，接受搜身后，才和两个特务登上汽艇。

汽艇向江心快速驶去。

这一切，都被已经下车的练刚、李秀、王战看在眼里。

"毛仁奉太狡猾了，我们无法继续跟踪了，怎么办？"王战急切地问。

"毛仁奉不但不会要孙大金的命，还能全须全尾地把孙大金送回国泰歌舞厅。我们不能被动等待了。走，去国泰歌舞厅恭候孙大金归来！"练刚猛地一挥手，转身走向轿车。

孙大金乘坐汽艇绕过几个码头，最后来到江心的一艘豪华客船边。客船上顺下一个绳梯，孙大金攀缘绳梯登上客船，再次接受搜身检查后，被带到一个豪华会议室内。

毛仁奉打量老头装扮的孙大金，竖起大拇指："孙总的化装术，高，实在是高，毛某佩服！"

孙大金瞥了毛仁奉几眼，扯过一把椅子坐下："毛站长的小心谨慎，也是值得孙某学习的。孙某是军人，不是商人，不知道毛站长想和孙某做什么买卖。"

毛仁奉坐到孙大金对面："孙总经营国泰歌舞厅十年，就使其成为重庆人气最旺的娱乐中心，当然，也是最赚钱的娱乐中心。我想知道你的经营秘诀是什么。"

孙大金微微一笑："顾客至上，服务上乘。"

毛仁奉哼了一声："是吗？如果没有幕后股东的支持，国泰歌舞厅早就倒闭了吧？孙总，今天在这里，我们从不说实话的人，能不能真诚地对待彼此？既然你能来到这里，且能见到我，就不用我说明原因了吧？你是聪明人，应该做聪明的选择。"

孙大金指指毛仁奉面前的香烟和火柴。

毛仁奉把香烟和火柴推过去。

孙大金点燃香烟，深深地吸了几口，慢悠悠地说道："我这辈子一直靠说谎话活着，毛站长让我一下子说实话，我还真不太习惯。毛站长要我改变习惯，不是不可以，条件呢？”

毛仁奉拍了两下手掌。

两个特务驾着钱永走进会议室。

钱永耷拉着脑袋，四肢像挂在躯干上一样，脖颈上有一道深紫色勒痕。

孙大金猛地拍了一子桌子，站起来厉声问道：“毛站长，这样做太不厚道了吧？”

毛仁奉挥挥手，两个特务把钱永的尸体拖出去。他冷冷地说：“孙总，不，应该叫你孙站长。我觉得你们日本人的字典里，应该没有‘厚道’这个词。任何日本人，在重庆都是多余的，那个日本人已经没有存在的必要了。你不是想知道让你改变习惯的条件嘛，我现在就可以告诉你。我的条件是，我保证你平安、顺利地离开重庆。”

孙大金气得脸都绿了，强忍怒火：“这个条件确实很诱人。我的交换条件呢？”

毛仁奉不再绕弯子：“交出国泰歌舞厅幕后股东的名单，然后把你持有的国泰歌舞厅股份，无偿转让给我指定的人。”

“哈哈！”孙大金仰面大笑，“你完全可以抓捕我，然后抄没国泰歌舞厅嘛，为什么还要绕这么大的圈子呢？”

毛仁奉轻摇食指：“先抓捕你，再以军统重庆站的名义抄没国泰歌舞厅，国泰歌舞厅就属于国民政府的资产喽。你是聪明人，你应该懂得。”他指指舷窗外，“那个叫钱永的日本人，已经喂鱼了。嘉陵江里的鱼很大，很难喂饱的。”

孙大金盯着毛仁奉，冷冷地说：“我们大日本帝国军队之所以能占领大半个中国，就是因为中国有你这样的官僚。你觉得你这样做，对得起死在帝国军人刺刀下的中国人吗？”

毛仁奉不屑地说：“孙站长，只要我咳嗽一声，你只能到阎王面前讲你的大道理了。我们的买卖，你做——还是不做？”

孙大金摊开双手：“我还有别的选择吗？”

“那就告诉我，国泰歌舞厅股东合作契约在哪里，你占有多少股份！”

“美丰银行保险柜。我持股百分之三十，其他四个股东持股百分之七十。其实我是百分之百投资，其他四个股东并没有投资。”

毛仁奉满意地点点头：“很好！明天我派人去国泰歌舞厅，你把你的百分之三十股份转让给他。然后有人会把你送到朝天门码头，让你以军统重庆站外派特工的身份离开重庆。”

孙大金说：“我有一个助理金沙，我必须带她离开。”

毛仁奉爽快地说："当然可以！准备好照片，那个人当场给你们办理所有证件。"

婵娟的任务是，在国泰歌舞厅盯着金沙。

今天晚上，金沙和婵娟都心事重重。金沙潦草地唱了几首歌，就回到孙大金的办公室休息。

婵娟敲开孙大金办公室的门。

金沙见到婵娟，诧异地问："你怎么不在楼下陪酒？"

婵娟说："都是吴兰的客户，不稀罕找我陪酒。金姐，今天不知道怎么了，我的心里特别慌乱，心神不安，总感觉自己要失业了。金姐，孙总好几天没有露面了，他是不是真的不干了啊？"

金沙故作镇静："我们没赚当老板的钱，就别操当老板的心。我们当一天和尚撞一天钟。就算孙总不干了，重庆还有那么多家俱乐部、歌舞厅呢，以我们的条件，去哪家不能混口饭吃！对了，你的男朋友练刚，也是好多天没来了，他忙什么呢？"

婵娟拉住金沙的手："金姐，你要是找好下家，一定带上我，不然我都不知道怎么讨生活。练刚，唉，也不是我的男朋友，我们只是比普通朋友稍微近一点儿而已。他准备晋升副教授，根本没有时间搭理我。

金姐，你觉得练刚这种人，真能看上我们这种女人吗？”

金沙也叹口气，一语双关地说：“生在乱世的女人，随缘随遇吧。”她说到这里，又看看手表，“娟妹，现在是上班时间，我们不能都离岗闲聊，要不——”

婵娟见金沙往外轰自己，也不好意思强行待下去，就起身说道：“哎呀，跟你聊天，就忘记上班的事了。我下楼看看。”她起身离开孙大金办公室，躲在楼梯口。

楼梯口下面传来脚步声，吓得婵娟赶紧往楼下走，迎面碰上换上西装革履的练刚、王战、程岩和李秀。

婵娟惊喜万分，刚想说话，见练刚做出噤声的手势，就指了指孙大金的办公室。

金沙刚想进入密室休息，就听见开锁的声音，立即向门口走去。

门被推开，她看到练刚手中的枪口。她一边往屋内退，一边强装镇定：“你们这是——”她看到站在人群后面的婵娟，“婵娟，这些人是你带来的？”

李秀走过来，给金沙戴上手铐：“你的戏应该收场了！”

金沙冲婵娟喊道：“娟妹，我可是把你当作亲妹妹啊，你怎么这样对我？！”

婵娟冷冷地问：“金沙，你想过孤儿院被炸死的孩子吗？想过重庆被炸死的妇女、孩子和老人吗？”

金沙一时无语。她看见练刚轻松地找到密室门，顿时什么都明白了，低头咬了一口衣领，一头栽倒在地。

“她服毒自杀了。”李秀低声喊道。

“死有余辜！抬进去！”练刚示意王战、程岩把金沙的尸体抬进密室。他从床下拽出木箱子，把枪支子弹分给王战等人后，把金沙的尸体塞到床下。

练刚等人在密室里等到国泰歌舞厅打烊，也不见孙大金回来。

婵娟问练刚：“你确定孙大金能回来吗？”

“金沙守在这里，就是等候孙大金。我断定，今天晚上，孙大金肯定会回到这里。”练刚话音刚落，就传来钥匙插进锁孔的声音，“来了，关灯，注意隐蔽！”

密室的门缓缓打开，孙大金出现在门口。

唐勇持枪站在孙大金身后。

孙大金一时间看不清漆黑密室里的情况，刚把一条腿迈进密室，一颗弹头擦着他的耳朵飞过去，射中唐勇持枪手的肩膀。

李秀手中装着消声器的手枪枪口微微冒着蓝烟。

几乎就在李秀开枪的同时，贴墙站立的程岩，抓住孙大金的手腕，一招手别摔，就把孙大金摔倒在地，用膝盖死死压住孙大金的后颈。

唐勇把左手伸向右腋下掏枪，李秀又向他补了一枪。

这次，没有孙大金在前面遮挡，弹头径直钻进唐勇的胸口。

练刚打开电灯，蹲在孙大金面前。

王战搜遍孙大金的身体，冲练刚点点头。

练刚抓住孙大金的后衣领，把孙大金提起来，摁到椅子上。

王战和程岩持枪站在孙大金身后。

孙大金打量练刚，微微一笑："练刚，你是共产党员吧？我觉得我的演技已经足够好了，没想到你的演技比我的演技还精彩。还有你——"孙大金怒视婵娟和李秀，"吃里爬外的东西！我对你们不薄啊！"

暴脾气的王战，狠狠抽了孙大金两记耳光："小鬼子，你他妈的再废话，我拧下你的耳朵！"他抓住孙大金的耳朵，狠狠拧了一把。

孙大金疼得龇牙咧嘴，血水顺着嘴角往下淌。

练刚示意王战放开孙大金："孙大金，你应该知道我想听你说什么。"

孙大金擦了一把嘴角，把今天毛仁奉约见他的过程，一字不落地讲述一遍。

"国泰歌舞厅股东契约在美丰银行保险柜里，保险柜的钥匙在哪里？"练刚问。

孙大金说："我骗毛仁奉呢。美丰银行保险柜，只有开户人才能开启。我不骗毛仁奉，毛仁奉会立即逼我出具国泰歌舞厅股份转让书，然后杀了我。"他指指办公桌左边的抽屉。

“胡说，里面哪有契约！”王战把孙大金推到办公桌前。

孙大金一脸不屑地对王战说：“你不合适做特工，改行吧。”他拉开抽屉，拖住抽屉底板慢慢移动，把双层薄板构成的抽屉底板卸下来。他把双层底板轻轻一磕，两张纸掉出来。

练刚捡起两张纸一看，果然是国泰歌舞厅的股东契约。不过，看到上面四个股东的名字，让他吸了一口凉气。

他无论如何都无法想到，四个位高权重的人，竟然能与孙大金合作。他把国泰歌舞厅股东契约折好，装进口袋，上下打量孙大金一遍，咬咬牙，冲程岩点点头。

程岩一把扭断了孙大金的脖子。

练刚低声说：“注意脚下的血迹，撤！”

他们分头离开国泰歌舞厅时，看到几个特务散坐在卡座里。

练刚向王战、程岩交代一番后，拉着婵娟上了李秀的轿车。

李秀问练刚：“你们去哪里？”

“孤儿院。”以零伤亡的代价除掉孙大金、金沙，练刚好像并不高兴。

李秀驾车行驶三公里后，忍不住问练刚：“孙大金是经过特殊训练的日本特务，深受武士道精神荼毒，把为天皇献身视为无上光荣。我们没有给他上任何手段，他为什么会向我们交代一切呢？”

“日本人的阴险程度，远远超出我们的想象。孙大金故意让我们看到国民政府高层的另一面，给我们出了一道非常棘手的选择题。”练刚把十指插进头发，狠狠揉搓，“我们把这道选择题交给李贞院长吧！”

李秀不再说话，狠踩油门。

夜幕下，轿车咆哮着向前飞驶。

全书终

后记

抗日战争期间，重庆成为中国战时陪都和大后方政治、经济、军事、文化中心。

日本法西斯为了实现其摧毁中国抗战大后方基地、迫使国民政府屈膝投降的邪恶目的，自 1938 年 2 月到 1944 年 12 月，持续对重庆进行轰炸。尤其在 1939 年至 1941 年间，日寇空军采取毫无人性的无差别大规模轰炸，导致重庆城区大量建筑被毁，无数百姓流离失所，给重庆军民造成巨大的伤亡。

国民政府军队虽然采取了应对措施，但日寇空军每次来犯，都能躲过最密集的防空火力网。究其原因，日本各方间谍、特务早已秘密潜入重庆，渗透到军、政、商各界，为日寇空军提供各种情报。

本书以重庆大轰炸为背景，讲述中共重庆地下组织成员与日本特高课特务进行各种暗战的故事，把多名我党隐蔽战线工作者的故事，集中在练刚、婵娟、李秀等人身上，并进行艺术加工，以小说的形式呈现出来，以此向抗战期间我党优秀的隐蔽战线工作者致敬。

在我看来，隐蔽战线的工作者，都是精英中的精英，他们在险恶的环境中，在刀尖上与虎狼共舞。仅靠我掌握的有限资料及我常人的智商，很难把他们的故事精准地呈现给读者，但是我想挑战一下自己的驾驭极限。

创作谍战题材作品，难就难在作者要具有缜密的逻辑推理能力、与现实生活紧密结合的想象力，见微以知萌、见端以知末的洞察力。这些能力，我不具备，但作为重庆人，仍然想以自己的文字祭奠那些冒着生命危险捍卫民族尊严的无名英雄。

于是，我经过反复打磨，甚至很多章节推倒重来，才有了这本令自己依旧不太满意的《山城秘密战》。

虽然我耗尽心血，透支心力，《山城秘密战》还是存在很多瑕疵，以致一些情节经不起推敲，望读者能给予谅解，并提出宝贵意见，助我以后能写出完善、完整、完美的谍战作品。

《山城秘密战》得以出版，感谢重庆市江北区作协名誉主席姜孝德、作协主席易刚、作协常务副主席阿黛、山河岁月图书编辑辛岁寒及其全体工作人员、西苑出版社领导和编辑的大力支持！

《山城秘密战》得以出版，离不开家人无条件地支持。老伴方玲，女儿蒋来，侄孙女蒋小慧，在收集资料、整理、架构、修改过程中，都给予我极大的帮助，在此我向他们表示诚挚的谢意！

《山城秘密战》得以出版，承蒙重庆市江北区文联、江北区作家协会的鼎力支持，在此谨致以真诚的申谢！

蒋　毅

2023 年 9 月 17 日

小河歲月